뜨면
뜰수록
나는
내가
되어
갔다

뜨면
뜰수록
나는
내가
되어
갔다

실을
엮듯
써
내려간
마음의
조각들

미쿠니
마리코
지음

홍미화
옮김

WILLSTYLE

시작하며

　　　　이 에세이는 친구들과 메일을 주고받다가 시작되었습니다.

　제가 글을 쓰고, 두 명의 친구가 읽어주었으며, 그들은 읽고 나서 감상을 보내주었습니다.

　독자가 친구라는 편안함 덕분에, 어린 시절부터 지금까지의 이야기를 생각나는 대로 편하게 풀어낼 수 있었습니다.

　저는 니가타의 시골에서 태어나 성실하고 정이 깊은 (조부모가 많은) 가족 속에서 자랐습니다.

　학교에 적응하지 못했고, 도쿄로 나오게 되었으며, 프리터가 되어 아키타의 온천여관에서 일했습니다. 남편을 만나고, 아들을 낳아 키우느라 안간힘을 썼으며, 이제 겨우 나의 일이라고 말할 수 있는 것을 찾았습니다.

　뭐랄까, 특별할 것 없는 지극히 평범한 여자의 반생에 관한 이야기지만 친구들은 재미있게 들어주었고,

꽤 긴 시간 글쓰기는 계속되었습니다.

2017년에 시작해서 올해가 2022년이니 5년이라는 시간이 흘렀네요.

어느덧 상당량의 글이 쌓이자 친구 중 한 명이 "책으로 만들자"며 출판사에 보내주었고, 이렇게 책으로 완성되었습니다.

늦은 소개지만 저의 직업은 니트 디자이너입니다.

부엌의 테이블 모퉁이를 작업실로 삼아 종일 디자인을 고안하고 뜨개를 하지요.

저에게는 몰두할 가치가 있는 너무나 좋아하는 일이 틀림이 없지만, 작업에 몰두할수록 '뜨개 동물'처럼 되어버려 '나에게서 언어가 사라져 버릴 것 같다'고 문득 깨닫는 때가 있었습니다.

두 명의 가족이 있고 일상적인 대화는 하지만, 그것만으로 해소되지 않는 뭔가가 내 안에 적지 않게 쌓여 있는 것 같아서 어떻게든 언어로 꺼내 놓지 않으면 괴로울 지경에 이르렀습니다.

　그러다가 이렇게 쓸 기회를 얻자 제 마음은 점차 홀
가분해졌습니다.
　뭐라고 할까요. 그건 '해방' 같은 것이었습니다.

　쓰면서 깨달은 점은 제게 '글쓰기'는 '뜨개'와 같다는
것이었어요.
　쓰고 싶은 것(혹은 쓰이기를 기다리는 무언가)을 찾아내서
줍고 이야기의 실타래를 엮어가다 보면, 어느새 지나온
만큼의 지도가 만들어지고 목적지에 도착한다는 것.
　그것은 제가 스웨터를 완성해 가는 방식과 매우 닮았
습니다.
　대략적인 계획은 세우지만, 마지막 단계에 이를 때까
지는 그저 손을 움직여 모양을 잡아가는 수밖에 없습
니다.
　그래도 머지않아 목적지에 도달할 수 있다는 자신감
이랄까, 예감 같은 것이 저를 이끌어 줍니다.
　그리고 작품을 끝내고 나면 지금까지와는 조금 다른
내가 되어 다음을 시작할 준비가 되어 간다는… 바로
그러한 점이 말이죠.

이 책을 읽는 분들께 말씀드릴 것이 두 가지 있습니다.

우선 5년에 걸쳐 쓴 글이고, 책에는 시간 순서대로 나열되지 않아 '지금'이라는 시점이 왔다 갔다 한다는 점입니다.

혹시 읽으면서 의아할 때가 있으시다면 죄송합니다.

또 하나, 이 모든 것들이 제 기억을 바탕으로 한 '이야기'라는 점입니다.

책으로 만들면서 필요하다고 생각되는 부분에서는 등장인물의 이름 등을 바꾸었습니다.

마지막으로, 제가 이 글들을 쓸 수 있도록 해주신 나가타 야스히로 씨와 야마가와 미치코 씨, 그리고 책으로 엮어 주신 신초샤의 마쓰모토 타로 씨에게 마음으로부터 감사의 인사를 전합니다.

진심으로 감사합니다.

목차

뜨면
뜰수록
나는
내가
되어
갔다

미쿠니 씨

　　　　　스물다섯 겨울부터 봄까지 약 반년 정도 담배를 피웠다. 하루에 세 개비씩. 마치 할당량이라도 있는 것처럼.

　아침에 한 개비, 집을 나와 카페에서 한 개비, 저녁에 집에 돌아와 한 개비. 당시 매일 들르던 가야바초의 '도토루'라는 카페에서 재떨이를 빌리기 시작한 지 일주일쯤 지났을 무렵, 늘 커피를 건네주던 50대로 보이는 여성이 말을 걸어왔다.

　"손님, 요즘 담배를 피우시던데 무슨 일 있으신가요? 저희가 조금 걱정이 되네요."

　그때까지 인사 외에는 말을 나눈 적이 없던 그녀의 갑작스러운 질문에 어떻게 대답했는지 기억이 나지 않는다. 아마 멋쩍게 웃으며 얼버무렸던 것 같다. 솔직히 말하려면 그 당시 내가 사랑에 빠졌다는 사실을 털어놓아야 하는데, 도토루의 카운터 직원에게 그런 얘기를 할 수는 없지 않은가.

그렇다 해도, 흡연을 할 수 있는 카페에서 담배를 피운다고 걱정을 해주다니 나에게 담배라는 것이 여간 어울리지 않았나 보다.

사실 나는 담배 맛을 그다지 좋아하진 않았다. 그렇다면 나는 왜 담배를 피우게 되었을까? 발단은 그 당시 내가 좋아하는 사람이 몹시 무뚝뚝한 남자라는데 있었다. 그와는 같은 곳에서 아르바이트를 하고 있었다.

만날 수 있는 것은 아침 인사를 할 때뿐이었는데, "안녕하세요"라고 인사를 하면 눈도 맞추지 않고 "……세요"라고 작은 소리로 대답했다. 용기를 조금 내어 "비가 올 것 같네요"라고 말을 걸어도 슬쩍 하늘을 올려다볼 뿐 아무 말 없이 외면하고 말았다.

그런 사람을 나는 왜 좋아하게 됐을까. 그 이유를 명쾌하게 설명할 수 있다면 그건 분명 사랑이라고 할 수 없겠지. 나는 그 사람에 관해서 아는 것이 거의 없었다. 이름은 미쿠니 씨라고 들었고, 클래식 음악을 하는 사람 같았다. 아르바이트 동료들에게 알아낼 수 있는 것은 그 정도였고, 가르쳐준 동료조차 그 사람은 잘 모르겠다며, 과묵해서 좀 무섭다고 했다.

그래도 매일 아침 인사를 하면서 알게 된 것이 있었다.

미쿠니 씨의 셔츠 앞주머니에는 항상 담배와 라이터가 들어있다는 것. '어떤 맛일까. 담배 이름은 뭐지.'

알고 싶다.

하지만 저 사람에게 "담배는 어떤 걸 피우세요?"라고 물을 수 있을까. 안돼, 안돼. 그건 무리야. 얼마 전에도 "오늘부터는 날씨가 맑을 것 같죠?"라고 말을 걸었다가 "모르겠습니다"라는 답을 들었다. 모르겠다고? "맑을 것 같다"라거나 "글쎄"도 아니고.

어떤 날에는 엄청난 용기를 내어 "어제 미쿠니 씨가 꿈에 나왔거든요"라고 말을 걸었지만 "그거 잘됐네요"라고 중얼거릴 뿐이었다.

너무해.

아무리 나에게 관심이 없다고 해도 말을 꼭 그렇게 할 필요는 없지 않은가. 나는 이미 상처투성이였다. 가능하다면 상처받지 않고 담배 이름을 알아내고 싶었다. 그래서 나는 한 가지 계획을 실행에 옮겼다. 먼저 아침에 편의점에 가서 카운터에 진열된 모든 담배를 한 갑씩 샀다. 20~30갑은 되었던 것 같다. 그리고 직장에서 미쿠니 씨를 만나자 담배가 든 커다란 봉투를 내밀며 말했다.

"좋아하는 거 하나 고르세요. 담배 피우는 분들 모두에게 주는 거예요. 크리스마스라서요."

그렇게 단숨에 말하고 그의 모습을 살폈다. 그는 의외로 순순히 고맙다고 말하며 담배를 하나 집어 들었다.

캐스터마일드 5mg.

확인을 마치자 나는 그 자리를 떠나 휴게실로 가서 삼삼오오 모여 있던 동료들에게 남은 담배를 전부 나눠주었다.

그날 집으로 돌아오는 길에 편의점에 들러 캐스터마일드 한 갑과 라이터 하나를 샀다. 집에 도착해서 부엌 싱크대에 선 채 한 개비에 불을 붙여 보았다.

들이마셨는데 입으로 들어오는 건 연기뿐, 이상한 느낌이었다.

이런 걸 좋아하는구나, 미쿠니 씨.

19

연기는 나의 폐를 거쳐 혈관을 타고 들어가 온몸으로 퍼져갔다. 이거 몸에는 나쁘겠지. 하지만 미쿠니 씨의 몸에 들어있는 것과 똑같은 독이다. 그렇게 생각하니 기뻤다.

나는 조금씩 그가 되어 간다.

그 후로 내 안의 미쿠니 씨를 확인하듯 하루에 담배 세 개비를 피우게 된 것이다.

내친김에 담배를 끊은 이유도 간략하게 적어둔다. 한 남자를 알고 싶어서, 심지어 그 사람 자체가 되고 싶어서 시작한 담배였지만, 이제 그럴 필요가 없어진 것이다. 반년 후에 나는 미쿠니 씨와 결혼했다. 이제 눈을 뜨면 거기에 그가 있었고, 나는 '나 자신'으로 사는 편안함을 다시 찾게 되었으며, 어느새 담배 피우는 습관을 잊어버린 것이다.

손목시계

1년에 한 번, 큰일이 마무리되면 기념이 될 만한 것을 사기로 했다.

책을 출판하거나, 내가 디자인을 맡은 '미쿠니츠'라는 뜨개 키트의 새해 버전이 무사히 발매된 후 등이다. 공간을 차지하지 않고 몸에 걸칠 수 있는 것이 좋아서 장신구, 그중에서도 100년이 넘는 오래된 반지를 선택하는 경우가 많다. 그건 단순히 그 장르를 좋아하기 때문인데, 좀 더 제대로 설명하자면,

① 오래된 반지는 시대와 나라에 따라 장식의 변화가 풍부하고,

② 주문 제작인 경우가 많아서 반지 하나하나에 주문자와 제작자의 생각이 잘 스며들어 있다.

③ 이런 이유로 고르는 재미가 있고, 작은 반지 각각의 개성이 선택할 당시의 나의 상황, 가령 행복이나 불안 또는 연관된 사람들을 기억하는 '연결고리'가 되어

주기 때문이다.

여기까지 썼지만, 지금부터 이야기하려는 건 반지가
아니라 손목시계에 관한 것이다.

그해에도 큰일을 마무리하고 한숨 돌린 어느 좋은
날, 연례의식처럼 '올해의 하나'를 찾으러 나섰다. 내가
향한 곳은 그동안 몇 번 물건을 산 적이 있는 아오야마
의 앤티크 전문 보석가게였다. 반지를 살 생각으로 메
인 쇼케이스 안을 훑다가 지금까지 본 적 없던 작은 쇼
케이스에 눈이 갔다. 들여다보니 여성용 손목시계가 열
두 개 정도 놓여 있었다. 모두가 섬세하고 화려했다. 숫
자판을 둘러싸고 다이아몬드나 루비로 장식된 것들도
많았다.

손목시계로 할까.

그러고 보니 제대로 된 여성용 손목시계를 산 적이 없
었다. 필요해서 찰 때도 타이맥스나 카시오 같은 투박
한 남성용 시계 정도. 갖고 싶은 디자인의 여성용 시계
를 만나지 못했기 때문인지도 모른다. 그런 생각을 하

며 하나씩 살펴보다가 가장 안쪽에 있는 팔찌형 시계에
시선이 머물렀다. 길이는 2.5센티, 폭은 1센티 정도의
직사각형 숫자판에 금색 줄이 달린 작은 시계였다.

보석이 하나도 박혀있지 않은, 언뜻 보기에 수수하다
고도 할 수 있는 절제된 디자인이었지만, 왠지 모르게
마음을 끄는 매력이 있었다. 가만히 바라보고 있는 나
를 보더니 가게 주인이 쇼케이스 뒤로 돌아와 하나씩
설명을 해주기 시작했다.

나는 맞장구를 치며 그 작은 시계의 순서가 되기를
기다렸다. 하지만 주인은 '그 시계를 제외한 전부'를 설
명하고는 끝을 맺었다. 당신에게 필요한 것은 전부 얘
기했다는 듯이.

파는 물건이 아닌 건가, 아니면 다른 이유라도 있는
건가, 하고 생각했다. 물어보고 싶었으나 왠지 망설여
졌다. 하지만 나도 오늘은 그냥 구경만 하려고 온 것은
아니었다. 그래서 잠시 숨을 고르고 주인에게 물었다.

"이건요?"

"아, 이거 말씀이신가요?"

주인은 진열대에서 시계를 꺼내 벨벳으로 덮인 얕은 상자 위에 조심스레 올려놓았다.

"이건 너무 비싸서요. 다이아몬드가 박혀있지는 않지만, 이 자체의 가치랄까요. 부품 하나하나 수제로⋯. 보세요."

주인은 5밀리 폭 정도의 팔찌 부분을 손가락으로 들어 올렸다.

"이 팔찌 부분의 장식 하나하나가 장인의 솜씨로 일일이 깎은 것이랍니다."

가까이 들여다보자 작은 기하학무늬가 새겨진 장식은 가장자리가 미묘하게 둥글어서 모가 나지 않고 부드러웠다. 매우 정교하고 자연스러워서 그것이 수작업의 결과라고는 바로 생각하기 어려웠다.

"착용해 보시겠어요?"

그 말을 듣고 조심스럽게 진열대 위에 손을 내밀자 주인이 팔찌를 둘러주었다. 작은 숫자판의 양쪽으로 늘어진 금속 띠가 한 줄로 부드럽게 움직이며 손목에 밀착되었다. 잠금장치는 2단 서랍식 걸쇠로 고정하는 구조였다.

"어떤 충격에도 떨어뜨리지 않도록 만들어졌죠. 그만큼 소중히 사용하기 위해 만들어진 물건이라는 뜻입니다. 아마 1940년부터 50년 사이에 만든 것 같아요. 파텍 필립이라는 제조사예요. 시계의 세계에서는 최고 명품이죠. 혹시 알고 계신가요?"

들어본 적도 없었다.

가격을 물으니 다른 시계들과는 단위가 달랐다. 그렇군요, 좋은 물건을 보여주셔서 감사합니다, 인사를 하고 가게를 나서며 마음속으로는 이미 구매를 위한 계산을 시작하고 있었다. 나는 그 아름다움을 잘 알아볼 수 있었고, 시계도 내게 오면 분명 행복할 거라고 생각했기 때문이다.

일주일 후, 나는 그것을 샀다.

사고 나서 얼마 지나지 않아 수리를 한 번 하게 되었다. 눈이 오던 날 현관에서 신발을 벗다가 미끄러지면서 손을 짚었는데 숫자판의 유리가 깨지고 말았다. 엄지손가락 관절에 전해지던 '쨍'하는 작은 울림이 지금도 잊히지 않는다. 가게로 급히 전화하니 주인이 바로 물건을 보내라고 말했다. 나는 몇 겹이나 되는 완충재에 싸서 서둘러 구급차에 태우는 마음으로 물건을 부쳤다.

한 달 후, 수리가 끝났다는 연락이 와서 가게에 가자 주인이 말했다.

"파손 정도가 심해 보였지만, 다행히 작동도 이상 없고 숫자판도 흠집이 없었어요. 정말 다행이죠"라고 꽤 곤혹스러웠던 듯, 하지만 진심으로 안도한 듯이 말했다.

나도 같은 마음이었다. 이번 일을 계기로 나의 부주의함을 반성했고, 오래된 시계는 깨지기 쉽다는 사실을 몸소 깨달았다. 이후로 비나 눈이 올 때는 이 시계를 차지 않는다.

시계에 귀를 대면 작게 째깍거리는 소리가 들린다. 태엽의 회전이 멈춘 후에도 살아있다는 느낌이 든다. 손바닥 위에 올려놓으면 보기보다 무겁다. 부드럽고 차갑다. 아주 작은 금빛 뱀 같다. 나는 이 시계에 '헤비코'(헤비는 뱀이라는 뜻의 일본어-옮긴이)라는 이름을 붙여주었다(소중한 물건에는 항상 이름을 붙이곤 한다).

헤비코 씨, 이번 주에는 미쿠니츠의 뜨개 과정 촬영이 있습니다. 사진에 당신이 찍히면 반짝반짝 예쁘니까 저와 함께 가 주시겠어요? 날씨가 맑아서 괜찮을 거예요.

손뜨개 소품

2009년에 처음으로 책이라는 것을 냈다. 『손뜨개 소품』이라는 제목으로 모자와 머플러 등의 뜨개 작품과 뜨개법을 소개한 책이었다.

판권란에 ⓒMariko Mikuni 2009라고 적혀 있었다.

인쇄되어 집으로 도착한 책을 넘기다가 마지막에 작게 찍힌 이 글자들을 보자 잠시 생각에 잠겼다. 마침내 이 사회에 내가 차지할 공간이 생겼다는 기분이었다. 프로필 사진의 내가 부스스한 머리에 난처한 표정을 지은 채 이쪽을 바라보았다. 책 속에 넣을 뜨개 사진을 촬영하던 날에 찍은 것이었다.

예정된 촬영이 모두 끝난 뒤에 저자 사진을 찍어야 한다고 해서 모델이 앉았던 의자에 걸터앉았다. 많은 스텝이 보고 있는 가운데 어떤 표정을 지어야 할지 몰라서 카메라맨의 뒤에서 빙그레 웃고 있는 편집자에게 도움을 청했다. 그때 찍은 사진이 이 사진이다.

뭐랄까, 사회인이라는 느낌이 전혀 없다. 이 시기의 나는 실제로 사회와 호흡할 만한 것이 없었다. 곁에는 가족과 책을 만들어 준 편집자뿐이었으니까.

책을 내기까지 정말 많은 일이 있었다.

시작은 구움과자를 만드는 동생(나카시마 시호)과 공저를 내지 않겠냐는 요청에서 비롯되었다. 문화출판국의 편집자들이 '나가쓰 자매의 가게'라는 과자와 뜨개의 전시를 보러 와서 제안을 해주었다. 결국 '공저'라는 형태로는 기획이 어렵다고 해서 없던 일이 되었지만, 대신 동생이 처음으로 저자가 되는 결실을 맺었다.

『쫀득한 시폰, 바삭한 쿠키, 진한 케이크』라는 책이었다.

동생 책만 출간한다는 말을 들었을 때 왜 나는 선택되지 못한 거지, 라고 생각하지는 않았다.

아니, 물론 생각했다.

솔직히 말해서 꽤 속상했다.

하지만 완성된 동생의 책을 보고 그 속상함은 사라졌다. 그럴 정도로 좋은 책이었던 것이다. 동생이 가진 역

량을 모두 담아낸 당당한 책이었다. 이건 어쩔 수 없다고 생각했다.

이듬해 말, '나가쓰 자매의 가게' 전시가 시작된 첫날 저녁이었다. 안면이 있던 편집자가 난데없이 나타났다. 그리고 입을 열자마자 "슬슬 책을 내야죠"라고 말했다.

"빨리 말씀드리지 않으면 다른 곳에서 책을 내자고 할까 봐 달려왔어요. 회의도 이미 통과했어요."

안경을 쓰고 풍성한 머리를 하나로 묶은 키가 큰 여성이었다. 온도리샤 출판사의 미스미 씨였다. 그녀는 5년 전부터 매년 빠짐없이 전시를 보러 와서는 언젠가 함께 책을 내자고 이야기했었다.

아, 드디어, 라고 생각했다.

어릴 때부터 바느질과 뜨개질이 좋았던 나는 수예 책의 신세를 많이 졌다. 하지만 내가 그 저자가 되리라고는 생각해본 적이 없었다. 그러다가 뜨개 작품을 판매하기 시작하면서 조금씩 생각이 달라졌다. 뜨개 책을 만드는 것이 터무니없는 꿈처럼 생각되지 않았다. 오히려 내가 만들고 팔리고 사라져 가는 많은 것들을 '만드는 방법'으로 정리해서 사람들과 나누지 않는 것은 아쉬운 일이라고 생각하게 되었다.

나는 그 자리에서 제안을 받아들였다.

미스미 씨는 말을 이었다.

"여기에 있는 것만으로 충분히 책이 될 것 같아요."

그리하여 그곳에 전시된 60점가량의 작품 중에서 책에 수록할 작품을 함께 고르기 시작했다.

해가 바뀌고 연초에 가구라자카에 위치한 온도리샤에서 미스미 씨와 미팅을 했다. 요 몇 년간 밤낮으로 생각하고 만들어온 것이어서 무엇을 물어도 대부분 대답할 수 있었다. 이제까지 만들어 팔기만 했던 장갑과 모자의 뜨개 방법과 디자인의 특징을 다른 사람들에게 설명하는 것은 신선하고 즐거운 일이었다. 미팅 후에는 집에 와서 열심히 뜨개만 했다. 완성되면 작품과 도안을 온도리샤에 보내고 전화로 의견을 들었다.

미스미 씨는 매번 매우 냉정하면서도 솔직하게 기뻐해 주었다.

뜨개 기법과 아이디어도 알아차리고 반응해 주었다.

행복했다.

나는 줄곧 이 일을 하고 싶었구나, 라고 생각했다.

하지만 4월 중순, 온도리샤가 도산하면서 이 기획은 한 차례 무산되었다. 어쩌면 여기서 책 출간이 중단될 가능성도 있었다. 하지만 이상하게도 그렇게 되지는 않을 거라는 막연한 생각이 들었다.

미스미 씨가 열심히 노력해 주었다.

"이 책은 어떻게든 출간하고 싶어요"라며 이미 완성된 작품과 기획서를 가지고 다른 출판사에 제안을 하러 다니기 시작했다. 처음 찾아간 곳이 문화출판국이었던 이유는 동생이 책을 냈던 인연이 있었기 때문이었다. 감사하게도 기획서는 다시 회의를 통과했고, 절반 정도 남은 작업을 계속해도 좋다는 승낙을 받고 결국 9월에『손뜨개 소품』이 출간되었다.

초판은 정확히 9,000부.

그게 많은 건지 적은 건지는 알 수 없었다.

다만 이 책이 필요한 사람의 품에 꼭 닿기를 바랐다.

당시에 살고 있던 사이타마현 가스카베에는 '리브로'라는 대형 서점이 있었다. 책이 발매되고 얼마 되지 않은 날, 궁금한 마음에 수예 도서 코너를 보러 갔다.

『손뜨개 소품』이 진열되어 있을까.

놓여 있다면 어떤 모습일까.

있었다.

서가에 살그머니 꽂혀 있는 한 권. 수많은 수예 도서들 사이에서 책등이 눈에 들어왔다. 다음날도 그곳으로 향했다. 수예 코너를 가는 길에 놀랍게도 가슴에 『손뜨개 소품』을 안고 걸어가는 젊은 여성을 발견했다.

"저, 그거!"

반사적으로 말을 걸었다.

여성은 놀라서 나를 돌아보았다.

나는 뒷말을 잇지 못하고 책을 빼앗아 판권란의 사진과 나를 번갈아 가리키며 "이거, 이거 저예요"라고 횡설수설했다. 여성은 상황을 파악한 듯 아아, 하고 웃어주었다. 당신이 만든 책이군요. 둘이 한바탕 웃고 나자 멋쩍어진 나는 감사하다고 말하고 그 자리를 떠났다.

　그것은 나.

　『손뜨개 소품』은 곧 나였다.

　뜨개 도안은 나의 언어였다. 악보를 연주하듯, 시를 낭독하듯, 사람들이 내 도안으로 뜨개를 하며 내가 체감한 행복과 전율과 고난을 간접적으로 체험하게 될 것이다. 세상과 제대로 연결되지 못했던 긴 시간이 지나고, 나는 책이라는 형태로 나를 세상 속에 내놓았다.

붕어빵

지금 18살인 아들은 밀가루와 유제품, 달걀 알레르기가 있다.

그걸 알게 된 것은 돌이 될 무렵이었는데, 이후로 이 재료가 들어간 요리는 입에 댄 적이 없다. 즉, 라멘도 돈가스덮밥도 케이크도 먹어본 적이 없다는 것. 스파게티도, 만두도.

어렸을 때는 주위 사람들에게 맛있는 것을 못 먹는다니 불쌍하다는 말을 자주 들었다. 니가타의 친정에 가면 증손자에게 과자를 먹이고 싶어 안달이 난 어른들이 비스킷이나 캐러멜을 주려 해서 나는 매번 말려야만 했다. 아무리 말해도 실랑이는 계속되었다.

증조할머니 "조금만 먹으면 괜찮지 않을까?"

나 "안 돼요. 먹으면 몸이 아프다고요."

증조할아버지 "우유를 못 먹다니 어떡하냐. 그럼 키

가 안 크는데."

나 "클 거에요. 그리고 사람이 키만 큰다고 다가 아니잖아요."

일본이 아직 가난하던 시절에 우유 가게를 차린 어른들에게 우유는 거의 신앙에 가까운 존재였다. 우유를 마시지 않고는 당연히 성장할 수 없다고 생각하시는 것 같았다.

아들은 정말 불쌍할까?

글쎄.

알레르기 체질이란 것을 알았을 때 나는 한탄할 겨를이 없었다. 어쨌든 식단을 짜서 하루에 세 끼를 먹여야 했다. 톳조림이나 닭고기야채조림 같은 전통식은 괜찮았고, 채소를 데치거나 구운 것도 먹을 수 있었다. 의외로 주변에는 먹을 만한 것이 많았다.

소박한 음식을 맛있게 먹으려면 재료를 신중하게 선택하게 된다. 양념 맛으로 재료가 숨겨지지 않도록 조리하려면, 그 자체로 맛있는 채소나 기름, 된장이 중요하다.

　지금은 네리마구에 살고 있어서 특산품인 훌륭한 무와 양배추를 근처의 직판장에서 구할 수 있다. 아침에 딴 스냅 완두콩이나 루콜라도 제철이 되면 나와 있다. 그게 너무 좋아서 산책하는 길에 종종 사러 간다. "나야, 나!"라고 말하는 듯한 싱싱한 무를 골라 담백하게 요리해서 천천히 맛을 음미하며 먹으면, 마음 깊은 곳에서부터 편안해지고 이 세상은 천국이라는 생각이 든다.

　그건 아들도 마찬가지인 것 같다.

　가령 겨울 순무를 올리브유에 구워 굵은소금을 뿌린 것을 좋아하는데, 갓 구운 것을 내놓으면 볼이 미어지게 입에 넣고 황홀해한다. 하얀 뿌리 속에 응축된 달콤한 흙내음과 수분에 넋을 잃는다고 한다. 쌀은 친정에서 보내주신다. 그것을 매일 소형 정미기로 3분도로 찧어서 주물 냄비에 밥을 짓는다. 그 밥에 뱅어포를 얹고 간장을 둘러주면 때때로 감동한 듯이 부엌에 있는 나에게 와서,

　"엄마, 나 살아있어서 다행이야! 밥이 너무 맛있어!"라며 반짝이는 눈으로 말한다.

　그거 다행이네.

　나는 고개를 끄덕인다. 좀 특이하지만 그래도 행복한
녀석이야.

　이렇듯 집에서라면 먹는 일이 즐거운 아들도 밖에서
는 조금 곤란하다. 친구들과 패밀리 레스토랑에 가면
식사하는 친구들을 바라보며 오렌지주스를 마시고 앉
아 있는 것 같다. 먹을 수 있는 게 있을지도 모르지만
'혹시나' 하는 생각을 하게 된다고. 그래서 참는 쪽이
편하다고 한다.

　하지만 요즘 들어 약간의 변화가 생겼다.

　혼자 여행 가는 일이 많아지면서 여행지에서 음식을
해결하고 싶다는 생각이 들었다고 한다. 위클리맨션(일
주일 단위로 사용료를 받는 임대 방식의 주택 - 옮긴이)을 빌려
서 음식을 할 수 있다면 괜찮을 것 같다고 했다. 그러니
까 요리를 가르쳐달라고 해서 일주일에 한 번 요리교
실을 계속하고 있다. 이제 4개월째. 우엉조림, 된장국,
나물, 소고기감자조림, 솥밥, 톳조림 정도는 만들 수 있
게 되었다. 요리가 완성될 때마다 마치 별을 보는 듯한
눈빛으로 음식을 바라본다. 늘 먹기만 했던 음식들을

자신도 만들 수 있다는 감격이랄까.

　아들은 어릴 때도 친구들이 먹는 걸 먹고 싶다고 하지 않았다. 나는 나라서 좋아, 라는 말이 입버릇이었다. 딱 한 번, 초등학교에 입학했을 무렵,

　"붕어빵이란 걸 먹어보고 싶어"라고 말한 적이 있다.

　아마 그 모양에 끌렸던 것 같다.

　어떻게든 맛을 설명해 주려고 했지만, 비슷한 것도 먹어 본 적이 없는 아들에게 전달될 리가 없었다. 당연히 밀가루가 들어있어서 맛을 조금 볼 수도 없었다. 그 안타까움이 남은 채로, 아들은 이만큼 커 버렸다.

　문득 오늘 아침,

　"있잖아, 세이지(아들의 이름). 지금도 붕어빵 먹어보고 싶어?"라고 물었더니 아들은 무슨 얘기지 하는 표정으로, "뭐야, 내가 그런 말을 한 적이 있어요? 붕어빵 같은 건 별로 먹고 싶지 않은데"라며 웃었다.

　그러고 보니, 우유는 마시지 않았지만 아들은 비교적 잘 컸다.

　이제 막 아빠 키를 넘어서는 참이다.

아빠

　　　유치원에 들어갈 무렵까지 은총이라는
걸 느낄 때가 종종 있었다.

　날이 맑으면, 그리고 이른 아침에 눈을 뜨면 그것은
조용히 왔다. 그렇다고 뭔가 특별하고 신기한 것을 말
하는 것은 아니다. 잠에서 깨어 이불 밖으로 머리를 내
밀고 멍하니 있으면 동쪽 창문으로 빛이 들어왔다. 빛
줄기는 먼저 천정을 복숭앗빛으로 물들이고 벽을 지나
이윽고 온 방 안을 따뜻하고 눈부신 빛으로 채웠다.

　하느님이다, 라고 나는 생각했다.

　시시각각 변하며 나를 어루만져 주는 빛에는 어떤 뜻
이 있는 것처럼 느껴졌다. 이런 일을 할 수 있는 건 하
느님, 분명 늘 따뜻하게 지켜주는 하느님일 것이다. 이
윽고 빛의 놀이가 끝나면 나는 휙 돌아서 같은 이불에
서 자고 있는 아빠를 보았다. 아직 20대 후반의 호리호
리한 친구 같은 아빠. 아침 식사까지는 아직 여유가 있

다는 것을 알고 있는 듯, 아빠는 눈을 뜨지 않았다. 나는 이불 속으로 들어가 꼬물거리며 아빠의 겨드랑이 아래로 미끄러지듯 들어갔다. 아빠가 나의 손을 잡았다. '아빠도 깼어'라고 속삭이듯.

그 무렵 아빠는 때때로 나를 관찰했던 것 같다.

혼자 놀고 있으면 지나가던 아빠가 멈춰 서서 물끄러미 바라보곤 했다. 어느 날 그렇게 나를 바라보던 아빠가,

"마리코는 대기만성형이구나"

하고 나직이 중얼거렸다.

"대기만성이 뭐야?"

"훨씬 나중에 크게 된다는 말이야."

처음 듣는 말이어서 기억에 남는 장면이지만, 안타깝게도 쉰이 다 된 지금도 크게 될 기미 따위는 보이지 않는다.

"마리코는 느림보네"라며 웃는 일도 자주 있었다.

'느림보'라는 게 어떤 뜻인지는 알고 있었다. 하지만 느린 인간은 자신이 그렇다는 것을 모른다. 나에게는 나의 시간이 흐르고 있었다. 아는 건 그것뿐이었다.

아빠는 자식에 대한 사랑을 유별나게 표현하는 사람
은 아니었지만 다정했다. 내가 초등학교 때는 일찍 퇴
근하면 "오우, 마리코야. 배드민턴 칠까?"라며 말을 걸
어주었다. 그러면 나는 그림을 그리거나 고사리 같은
손으로 바느질을 하다가도 아빠와 함께 밭이 있는 뒷
마당으로 갔다.

배드민턴이니까 일단 점수는 매겼지만 별 의미는 없
었다. 내가 서투른 탓에 랠리가 계속되지 않았기 때문
이다. 그래도 아빠는 답답해하지 않고 느긋하게 놀아주
었다. 우리는 몇 번이고 떨어진 공을 주워들고는 이번
에야말로 잘해보겠다며 휘둘렀다.

획, 탁.

와하하하.

획, 획, 획, 획, 획, 획, 획, 탁.

오오~~~~~~.

이런 식이었다. 소리를 내며 몸을 움직이면 상쾌하고
기분이 좋았다. 날이 어두워지고 밭에 박쥐가 날기 시
작해도 멈추지 않았고, 해가 저물어 공이 보이지 않으

면 그때서야 집으로 돌아왔다.

중학생이 되니 주위의 많은 것들이 달라졌다. 나도 거기에 맞춰 바뀌려고 했지만 그게 쉽지 않아 발이 걸려 넘어졌다. 학교에 적응하지 못한 것이다.

뭔가 '무대'가 바뀐 것은 알았지만 새로운 장소에 어떻게 적응해야 할지 몰랐다. 올챙이가 개구리로 변해야 할 때가 왔는데 나만 손발이 나오지 않고, 육지로 올라왔는데 나만 아가미로 호흡하고 있는 느낌이었다.

실제로 괴로웠다.

숨 쉬는 법, 안정적으로 '들이쉬고 내쉬고'를 할 수 없게 되면서 머리가 어지러웠고 교실에 있는 것도 힘들었다. 쉬는 시간이면 아무도 없는 곳을 찾아 숨게 되었고, 2학년 중반이 되자 조퇴를 반복했다. 담임 선생님이 엄마에게 상황을 전했고, 엄마는 다시 아빠에게 전달했다.

그날 밤, 부모님이 나를 불렀다.

아빠는 나에게 '주변 사람과 잘 지내는 것의 중요성'을 설명했다.

"그러다가는 사회에 나가서 힘들다"는 걸 여러 가지 이야기로 반복했다. 너무나 잘 알고 있는 이야기였다. 이미 충분히 힘들었기 때문에.

"그러면 제가 어떻게 하면 돼요?"라고 묻자,

"네가 먼저 말을 걸어 봐. 뭐라도 좋으니"라고 했다.

'뭐라도 좋다'라니, 나는 전혀 알 수가 없었다. 도대체 무슨 말을 하라는 것인가. 친구들이 흥미를 가질 만한 화제를 꺼낼 자신이 없었고, 쉬는 시간에 떠들고 있는 무리 속에 들어간다는 것도 너무 어색했으며 불가능했다. 그 '어울리지 않는' 느낌을 어떤 말로 설명한다 해도 아빠는 아마 이해할 수 없었을 것이다.

아빠는 '사회' 속에 속한 인간으로서 나를 그 세계로 이끌고자 노력했다. 하지만 '사회'를 주인공으로 이야기를 구성하면, 옳다고 여겨지는 쪽은 거기에 적응할 수 있는 사람이고, 적응하지 못하는 것은 노력이 부족하기 때문이라는 줄거리가 되어버리기 쉽다.

"그렇게 쉬운 일을 왜 못 하는 거냐"라며 도무지 모르겠다는 표정으로 말을 하면 나는 울고 싶어졌다. 마

치 수영하는 법을 몰라 물에 빠져 허우적거리고 있는
데 '헤엄치려고 하지 않는다'는 말을 들은 것처럼 망연
자실했다.

"다른 사람보다 우위에 서고 싶으면"이라고 다그치
는 아빠의 말이 채 끝나기도 전에 나는 "남보다 우위에
서고 싶은 마음 따위 전혀 없어요"라고 말을 끊었다.

그건 사실이었다.

그리고 그 말에 이어서 "아빠도 존경하지 않으니까"
라고 말해버린 것이다. 아빠는 할 말을 잃은 것 같았다.
옆에서 듣고 있던 엄마의 안색도 바뀌었다. 그리고 아
마 나를 나무랐던 것 같은데, 그날 밤의 일은 그 이상
기억나지 않는다.

'사회'라는 아빠의 논거가 설 토대를 무너뜨리려고
나는 치졸하게도 '사회에서 일하는 아빠'를 통째로 때
려눕히듯 부정해 버렸다. 사실 아빠를 '존경'도 '경멸'
도 하지 않았다. 생각해 본 적도 없었다.

예전부터 그저 소중한 나의 아빠였다.

늘 나와 함께 있어 주는 사람이었다.

그 후로 아빠와 나는 서로에 대해 조금의 거리를 두게 되었다.

사이가 나빠진 것은 아니었다.

아빠는 실망했지만 나를 용서해 주었던 것 같다. 나도 아빠가 이해해 주지 않은 것을 그다지 원망하지 않았다. 내가 부모와 다른 생각을 가진 하나의 인간이라는 목소리를 내기 위해 그렇게까지 할 필요는 없었다는 생각이 든다. 감사하게도 우리는 여전히 가족이었다. 서로가 나이를 먹어가며 조금씩 변화해간다는 것을 다소 어색하지만 받아들여 갔다.

나는 이윽고 고등학교에 들어갔고, 대학에 진학하고 졸업했으며, 취업에 실패했다.

아르바이트로 몇 개의 직업을 전전했다. 그러는 시간 동안 나를 가장 응원해 준 것은 아마 아빠가 아니었을까 하는 생각이 든다. 언젠가 엄마와 통화한 후에 아빠를 바꿔준 적이 있었다.

어떤 이야기의 흐름이었을까, 그건 이제 기억이 나지 않지만,

"와--- 하고 소리치고 싶은 심정은 나도 알지"라고
아빠가 말했다.

그럭저럭 사회에 나왔지만 큰 갈등도 치열함도 없이
주저앉기만 했던 나는, 아빠가 진심으로 안타까워하고
있다는 말로 들렸다.

이제 아빠는 70세이다.

고등학교를 졸업하고 입사한 화학공장에서 정년퇴
직 후 촉탁직으로 1년을 근무했고, '백수 생활'은 무료
하다며 이듬해에 재취업에 성공했다. 시민회관의 경비
일이다. 토요타의 마크II에서 프리우스로 차를 바꾸고,
엄마가 싸준 도시락을 들고 일주일에 3일 일터로 나간
다. 가끔 전화로 이야기를 나눈다.

"일은 안 힘드세요?"라고 관심을 보이면 조금은 기
쁜 듯이 일 이야기를 해주지만 그것도 잠깐, 곧바로 "손
주 좀 바꿔라"라고 말한다.

나와 이야기할 것은 별로 없다는 듯이.

나도 나름대로 나이가 들어 이제 꽤 이야기 상대가
된다는 것을 아빠도 슬슬 알아주면 좋겠다.

엄마

　내가 중학교 3학년 때였다. 나는 엄마가 운전하는 경차의 조수석에 앉아 있었다.

　앞에 보이는 좁은 농로를 같은 중학교의 교복을 입고 헬멧을 뒤로 매단 여자아이들이 두 줄로 나란히 자전거를 타면서 가고 있었다. 엄마는 그들을 추월하면서 창문 밖으로 얼굴을 내밀고 "위험하잖니!"라고 소리를 질렀다. 우리 엄마 대단한걸, 저 아이들은 일진인데, 라고 생각했지만, 엄마는 그까짓 것 대수냐는 식이었다.

　거기서 어떤 흐름의 이야기로 이어졌는지는 기억이 나지 않지만, 차 안에서 나는 "나중에 아이는 낳지 않을 거야"라고 선언했다. 산다는 것이 너무 벅차게 느껴져서, 나 하나 사는 것도 숙제처럼 생각되었다. 당시의 나는 어둠에 흠뻑 빠져서, 이런 인생을 사는 인간을 하나 더 만든다는 것에 회의적이었다.

　그 말을 들은 엄마는 심드렁한 표정으로 말했다.

"아이는 낳는 것이 좋아."

"왜?"

"재미있으니까."

너무 해, 그런 이유로 아이를 낳는다니.

그 때문에 나는 지금 이렇게 힘들게 살고 있는데.

부아가 치밀어오르다가 갑자기 엄마는 조금 전 자전거를 타고 가던 여자아이들도 나쁘게 보지 않는지 궁금해졌다. 아이가 어두워도, 일진이어도 엄마는 '태어나서 커가는 존재는 재미있다'고 생각하는지도 모른다. 어쨌든 좋다, 라고 긍정하고 있다고나 할까. 그렇다면 엄마는 재미있는 마음으로 동생과 나를 키웠을까. 아무리 생각해도 엄마가 우리랑 놀아준 기억이 없었다.

우유 가게를 하는 집에 시집와 새벽 4시부터 배달을 하고, 조부모와 숙모를 포함해 7명 가족의 살림을 도맡았다. 지금 와 생각하면 한가롭게 아이와 놀아줄 여유란 없었던 것이 당연했다. 하지만 솔직히 말하면 엄마와 좀 더 놀고 싶었다. 엄마에게 같이 놀아달라고 하면 언제나 "설날이 되면"이라는 대답만 반복할 뿐이었다. 그래도 선명하게 떠오르는 기억이 몇 가지 있다. 아직 유치원에 다니기 전, 엄마가 우유 배달을 마치고 점심쯤 돌아오자 집을 지키고 있던 동생과 나는 볼펜을 들고 엄마에게 달려가 졸랐다.

"시계 그려줘."

엄마는 한 사람씩 손목을 잡고 동그란 시계판과 시곗줄, 그리고 마지막에는 12까지의 숫자와 시침과 분침을 그려 주었다. 우리는 간질간질한 느낌에 몸을 배배 꼬면서도 뿌듯했다.

'이런 걸 그려 주다니, 우리 엄마는 정말 대단해.'

그 무렵, 연년생인 동생과 나는 항상 같은 옷을 입고 다녔다.

주변 사람들이 쌍둥이냐고 묻거나 귀엽다고 칭찬을 하는 것이 엄마로서는 기뻤는지 모른다. 언제나 '자매용 세트'로 우리가 갈아입을 옷을 준비해 두었다.

유치원에서 신체검사를 하던 어느 날, 밑단에 계단식 레이스가 달린 속바지를 입고 간 적이 있었다. 나풀나풀한 화학섬유 레이스가 앞뒤로 10단 정도 빽빽하게 달린 휘핑크림 같은 바지였다. 체육관에서 옷을 벗자 선생님들은 놀란 시선으로 나와 동생의 이상한 속바지를 보다가 연달아 질문 공세를 퍼부었다.

그거 엄마가 사준 거니?

어디서 산 건지 알아?

집에 돌아와 이야기하자 엄마는 무척 좋아했다. 엄마는 다른 사람을 웃기는 것에 즐거움을 느끼는 사람이라는 생각이 들었다.

초등학생 시절 동생과 나는 사이가 별로 좋지 않았다. 시시콜콜한 일로 다투는 일이 습관처럼 많았고 날이 갈수록 더해갔다. 동생이 3학년이고 내가 4학년이었을 때라고 생각된다. 「야쿠자의 아내들」의 한 장면처럼 상대의 머리채를 한 손으로 잡고 다른 한 손으로 명치를 때려서 상대가 우는 일상이 반복되던 우리를 보다 못해 하루는 엄마가 말했다.

"남태평양 어느 나라에서 신부 모집을 한다는데 너희들을 내놓을까 싶다."

"그게 뭔데, 엄마?"

"며칠 전에 신문에서 봤는데 남태평양 근처 나라에 신부가 모자라서 예쁜 아가씨를 모은다네. 아주 어려도 상관없다 했고, 우리 집에 있어봤자 이렇게 싸우기만 하니 너희가 딱 알맞잖아."

그런 것이 있을까 싶었다.

그런 모집이 있다는 자체가 기묘한 일이고 세상이 어떻게 된 것 아닌가 싶은 데다가, 엄마가 솔깃해한다는 것도 섬뜩했다.

"날씨도 좋고 따뜻하니 갈래? 몇 년 있으면 엄마도 놀러 갈게."

우리는 '남태평양'을 상상하며 망연자실해 싸우던 것도 잊어버리고 말았다. 하지만 다음날이 되면 어리석은 자매는 다시 욕을 하면서 밀고 당기는 싸움을 시작했다. 그러면 엄마는 다시 '남태평양의 신부'를 운운했지만 이미 면역이 생긴 우리는 "그 신문 좀 보여줘"라며 엄마에게 대들었다.

그러면 엄마는, 어디다 뒀더라, 신문방(그런 곳이 있었다) 어딘가에 있어, 라며 시치미를 뗐고 나와 동생은 그런 엄마를 감시했다.

초등학교 3학년과 4학년인 여자아이들은 그런 말을 곧이들을 만큼 순진하지 않았다.

하지만 그 후로도 우리가 싸울 때마다 엄마는 남쪽나라 이야기를 꺼냈다. 의외로 '남태평양의 신부'는 강렬했다. 동생과 나는 한심하게 '남태평양'이라는 말만 나와도 전의를 상실하고 말았다. 누가 옳고 누가 잘못했는지가 중요한 것이 아니라 중재로 끝내는 것이 중요했다.

엄마는 일을 할 때도 되도록 재미있게 하는 것을 좋아했고, 정말 그런 능력을 가진 사람이었다.

다시 시간을 거슬러 올라가 나와 동생이 유치원에 다니던 시절의 일이다.

마중 나온 엄마의 경차에 둘이 함께 올라타자 소나무 숲 건너편에 무지개가 떠 있는 것이 보였다. 예쁘다고 합창을 하다가 무지개가 어디에서 시작되었는지 보러 가자는 말이 나왔다.

엄마가 먼저 꺼낸 이야기였다.

하지만 얼마 달리기도 전에 저녁 하늘은 시시각각으로 변했고, 그 시작과 끝을 찾지 못한 채 무지개는 색이 바래 이윽고 하늘에 녹아들어 사라졌다.

아아, 우리는 입을 맞춰 탄식했다.

아쉽네.

엄마가 차를 돌리는 것을 보면서 나는 내심 조금은 안심하고 있었다. 그대로 끝없이 무지개를 좇아가게 되면 어쩌나, 하고 생각했던 것이다.

엄마는 어떤 마음이었을까?

이제 와 새삼스레 물어본들 기억나지 않겠지만.

히로시 삼촌

엄마의 남동생인 히로시는 아주 가끔 외갓집에 나타나는 사람이었다.

동생과 나는 그를 '히로시 삼촌'이라고 불렀다.

내가 유치원을 다닐 무렵에 삼촌은 20대 중반으로, Bright Young Thing이라는 말이 어울리는, 말 잘하고 도시적인 느낌의 백수였다. 184센티의 큰 키로 집 안을 어슬렁거릴 때면 여기저기에 머리를 부딪히지 않으려고 경중거리며 몸을 구부렸다. 광대뼈가 나오고 턱이 뾰족한 삼촌은 여우처럼 치솟은 눈에 둥근 안경을 걸쳤고 선천적인 곱슬머리였다.

엄마에 따르면 그는 도쿄에서 대학 생활을 보낸 뒤, 도야마의 다테야마 산골에서 아르바이트를 하며 스키에 빠져 살았다고 한다. 그러다가 이번에는 프랑스 어딘가에 있는 산으로 날아가 같은 생활을 반복했다. 프랑스에서 보낸 시간은 제법 길었는데, 10년은 넘었던 것 같다.

1년에 한두 번 집에 오면 일주일 정도 머물렀는데, 삼촌이 와 있다는 것은 밝은 핑크나 선명한 파란색의 남자용 비키니 팬티가 빨랫줄에 걸려있는 것을 보고 알 수 있었다.

젊은 삼촌이 꼬맹이인 우리에게 관심이 있을 리 없었다.

오, 마리짱, 시짱, 선물이야, 라며 늘 롯데 쿨민트 껌이 가득 든 상자 하나를 내밀었고, 동생과 나는 크게 맥이 빠져버리곤 했다. 네다섯 살 아이에게 달지도 않은 알싸한 매운맛의 그것은 받아도 반갑지 않은 선물이었다. 그럴 때마다 우리는, 이거 매운맛이잖아. 안 가질래, 라며 거절했다. 우리를 위해서 사 온 선물이 아니라, 사뒀던 물건을 가지고 온 게 뻔히 보였다.

껌이 아닐 때는 프랑스에서 사 왔다는 누드 달력을 주기도 했다. 70년대에 유행하던 소프트포커스 기법을 활용한 화보 같았는데, 금발이나 흑갈색 머리칼을 가진 여성의 누드 사진이 열두 달분으로 실려 있었다. 나와 동생이 멍하니 있으면, 아름다운 것을 보는 안목을 키워야 하는데 아직 우리에게는 '개 발에 편자'였다는 알 수 없는 말을 늘어놓으며 결국 자기 방에 가져가서 걸어두었다. 막내였던 히로시 삼촌은 부모에게 사랑을 듬뿍 받았고, 집을 나가 있어도 그가 쓰던 방이 그대로 남아 있었다.

그는 당시 나보다 동생을 귀여워해서 밥을 먹을 때 늘 동생 옆에 앉았다. 어느 날 동생이 "삼촌, 왜 내 옆에 앉는 거야?"라고 매정하게 말하자 그 후로는 동생의 옆에 앉지 않았던 기억이 난다.

히로시 삼촌은 의외로 그런 걸 신경 쓰는 사람이었다.

'호방함'으로 위장했지만, 섬세한 사람이었다고 생각한다.

늘 무언가를 생각하고 흔들리고 있었던 사람인지도 모른다. 여자들이 하는 것은 참 재미있어, 라며 모자를 뜨거나(케이블스티치를 넣어 공들여 뜬 모자였다), 고등학교 사진부 시절에 산 고급 카메라로 무언가를 촬영하고 욕실에서 현상하곤 했다.

하루는 히로시 삼촌이 엄마를 정원의 꽃 속에 세워두

고 필름 한 통분의 사진을 찍어댔다. 그가 찍은 엄마는
예의 누드 달력처럼 소프트포커스였고, 우리가 늘 보던
우유 배달을 다니는 엄마와는 달랐다. 흑백의 인화지에
드러난 것은 차분하고 젊고 예쁜 여성의 옆모습이었다.

　삼촌은 엄마를 '야스코 씨'라고 불렀는데, 그 호칭에
는 항상 아련한 경의와 애정이 담겨있었다. 그러고 보
니 그는 엄마에게는 제대로 된 선물을 사 오고 있었다.
대개는 현지의 스키 스웨터를 선물했는데, 순록 문양의
기계로 짠 옷도 있었지만 아주 두꺼운 실로 손뜨개를
한 기하학 문양의 요크스웨터도 있었다. 나는 엄마가
나팔바지에 그 스웨터들을 입고 있는 모습이 좋았다.
엄마는 이런 내 마음을 알았는지 나의 키가 자신의 키
와 비슷해지자, 마음에 들면 마리코에게 줄게, 라며 그
중에 3개 정도를 물려주었다.
　본고장에서 온 스키 스웨터는 왠지 세련된 느낌은 아
니었지만, 나는 그런 점마저도 마음에 들어서 자주 입
고 다녔다. 내가 대학교에 들어간 후 처음 맞는 겨울이
었다. 오다큐센의 전철 안에서 "마리짱"이라고 부르는

소리가 들렸다. 고개를 들어보니 히로시 삼촌이 서 있었다.

그때 나는 그런 스웨터 중 하나를 입고 배낭을 멘 채 책을 읽고 있었다. 얼마 전 삼촌이 추천해준 가르시아 마르케스의 『백년의 고독』이었는데, "삼촌, 이 책 굉장히 재밌어"라고 감상을 얘기하자 삼촌은 둥근 안경 너머로 나를 바라보며 "그렇지? 그런데 마리짱, 아직도 그런 옷이나 입고 다니다니 정말 촌스럽네"라며 웃었다.

그러고 보니 내가 진학할 대학을 추천해준 사람도 히로시 삼촌이었다.

중학생 때 어느 날, 엄마가 삼촌에게 "마리코는 친구가 없어서"라며 걱정을 늘어놓자 삼촌이 대답했다. "마리짱은 비유하자면, 이 근처 효우코(라는 호수가 근처에 있었다)의 백조 무리에 흘러들어온 학이야. 이곳에서 친구를 찾지 못했다면 다른 학이 있는 곳으로 가면 돼. 와세다 대학이라든가, 분명 마리코에게 맞는 친구들이 있을 거야."

그 당시에 나는 '친구가 없다'는 것을 엄마가 다른 사람에게 상담하는 것이 부끄러웠지만, 한편으론 삼촌의 말을 한 줄기 빛처럼 믿으며 어려움은 있겠지만 와세다 대학은 학생 수가 많으니까 어떻게든 될 것이라는 생각을 했다. 덕분에 고등학교를 다니는 동안 나만의 방식으로 수험공부를 해나갈 수 있었다.

고등학교 3학년 2월에 나는 삼촌의 아파트에 머물면서 시험을 보러 다녔다. 그때 이미 삼촌은 도쿄에서 직장을 얻었고, 결혼을 해서 오다큐센의 노보리토에서 살았다. 시험 당일 아침, 막 나가려던 나에게 삼촌은,

"자, 마리짱. 잘 다녀와."

라고 말하며 짙은 보라색 액체가 반쯤 든 잔을 내밀었다. 프랑스산 와인이었다. 나는 그것을 받아 목으로 넘긴 뒤 인사를 했고, 순간 배가 뜨거워지는 것을 느끼며 도쿄의 마른 겨울 속으로 나아갔다.

히로시 삼촌과의 다음 추억도 도쿄의 겨울이었다.

대학을 졸업한 해에 아르바이트를 전전하며 살던 나는 오랫동안 사귀던 남자친구와 헤어지기도 했고, 어딘가 다른 환경에서 살아보고 싶은 마음도 들었다.

그때 왜 나는 삼촌에게 연락했을까?

삼촌은 분명 나에게 늘 '바깥 세계를 열어주는' 사람이었기 때문이다.

전화를 하고 며칠 후, 뉴오타니호텔 로비에서 만나 위층의 바로 자리를 옮겼다. 카운터에 앉아 음료를 주문하자 히로시 삼촌이 젊은 바텐더에게 말했다.

"이 아이 어때요? 사귀어보지 않을래요? 남자친구하고 헤어져서 넋이 나가 있는데."

갑작스러운 말에 대답도 하지 못한 채 그저 웃고만 있는 바텐더를 보며 미소를 지어 보이더니 삼촌은 나를 향해 몸을 돌리며 말했다.

"마리짱, 아키타 산골에 일본 최고의 온천여관이 있어. 거기 사장을 좀 아는데, 마리짱을 부탁해줄게."

그 말을 듣고 나는 진심으로 기뻤다.

스키장에서 아르바이트하던 시절, 늘 방황하면서 무언가를 찾아 헤매던 삼촌은 나를 이해해 주었다. 며칠 후 나의 '아키타행'은 결정되었다. 그 온천여관은 겨울에는 비교적 손님이 없어서 일손이 필요한 것이 아니었는데, 삼촌과의 인연으로 사장이 나를 채용해준 것이었다. 부모님과 할머니, 할아버지는 내가 온천여관의 직원이 된다는 소식을 듣고 어이가 없어 극구 반대했다. 그 일을 나에게 소개한 삼촌도 난처한 입장이 되었다. 하지만 그는 어떤 변명도 하지 않고 그저 엄마에게 "마리짱은 도쿄에 지친 거야"라고 말할 뿐이었다.

이렇게 나를 도와주던 히로시 삼촌은 이제 없다.

"다른 사람에게 내 인생을 대신 살아달라고 할 수는 없는 거지." 언젠가 함께 술을 마시면서 이야기를 나누던 기억이 난다. 이 말을 한 사람이 삼촌이었던가, 나였던가. 제대로 감사의 말을 못 했는데, 라는 아쉬움을 나는 아마 계속 가지고 살 수밖에 없을 것이다.

마법사 놀이

　　초등학교 고학년이 될 때까지 한 달에 한 번씩 엄마의 경차를 타고 30분 거리를 달려 시바타라는 시내로 외출하곤 했다. 우리 자매에게는 얼마 안 되는 용돈으로 자질구레한 물건을 살 기회였고, 엄마에게는 정해진 휴일이 없는 우유 가게의 일상에서 잠깐이나마 벗어나 숨통을 트게 하는 시간이었다.

　'하야가와'라는 백화점에서 각자 물건을 산 뒤 다시 모여서 5층에 있는 식당에 가곤 했다. 대게는 모두 라멘을 주문했지만, 동생의 기억은 다를 수도 있다. 먹는 것에 관해선 놀랄 정도로 기억을 잘하는 동생에 비해서 나는 그렇지 못했는데, 이런 경향은 나이를 먹어서도 변하지 않았다.

　주문한 음식이 나오기까지의 시간은 길게 느껴졌다. 테이블 위에 놓인 작은 지구본 모양의 별자리점 기계와 조미료통을 만지작거리다가 싫증이 나자 엄마의 손을 보았다. 햇볕에 탄 반질반질한 피부. 무거운 우유통을 들고 다니느라 점점 두꺼워진 관절과 손가락.

"은행원이었을 때는 손가락이 가늘었는데."

엄마는 그렇게 말했지만 나는 그 단단한 손가락이 더 좋았다.

집에 있을 때와는 다르게 왼손의 약지에는 반지가 끼워져 있었다. 평범한 결혼반지가 아닌, 보석이 박힌 반지였다. 어린 나에게는 그것이 단순한 장신구가 아니라 마법을 부르는 그 무엇으로 보였다.

빨간 보석은 마노.

초록 보석은 비취.

백화점에 올 때 엄마가 착용하는 것은 보통 이 두 개 중 하나였다. 아빠의 월급에서 매달 몇천 엔씩 적금을 부어 샀을 그리 비싼 것은 아니었지만, 엄마는 만족한 표정이었다.

나도 껴 볼래, 라고 손을 내밀면 엄마는 반지를 빼서 건네주었다. 반지는 내 손가락 두 개가 족히 들어갈 정도의 크기여서 손가락에서 빙글빙글 돌리고 있으면 엄마가 해주는 이야기가 있었다. "주차장에서 반지에 달린 보석이 빠져서 굴러간 이야기"이다.

이미 들어본 적이 있지만 나는 들을 때마다 몇 번이고 짜릿했다. 무더운 주차장에서 갑자기 반지의 보석이 빠졌는데, 마치 그러고 싶었다는 듯 데굴데굴 굴러서 옆의 차 밑으로 들어가 버렸다. 반지의 틀에서 빠져 자유를 찾더니 마법의 힘을 한층 더 얻은 빨간 보석은 차바퀴가 만든 짙은 그림자에 몸을 숨겼다. 보석은 이제 엄마에게 돌아오지 않겠지. 학교에서 돌아오던 초등학생에게 발견되어 장난감이 되어버릴지도 모른다. 엄마의 이야기로부터 공상에 빠져 있는 사이에 우리가 주문한 라멘이 나왔다.

시간을 조금 더 거슬러 올라가 네다섯 살 무렵.

우리는 '마법사 놀이'에 빠져 있었다.

나와 비슷한 또래의 이웃 여자아이들 두세 명과 한 살 어린 동생이 함께하는 역할극 놀이로, 매번 시작할 때 내가 대강의 설정을 하고 각각의 역할을 배정했다. 나는 '미리미리'라는 착한 마법사이고, 미사키짱은 나의 조력자 마법사인 '파리파리'였다. 융단 가게의 나오코짱은 '나오코'라는 보통 사람을, 동생에게는 '하트파리'라는 나쁜 마법사 역을 맡겼다.

당연히 동생은 그런 역할을 싫어했지만, 같이 놀고 싶다는 마음에 할 수밖에 없었다. 하지만 나중에는 역할에 빠져 훌륭한 악역 연기를 보여주었다. 지금 와 생각하면 동생은 끈기가 있는 아이였다. 내가 만일 동생이었다면 놀린다고 생각해서 같이 놀지 않았을 것이다.

'마법사 놀이'는 대략적인 줄거리를 가지고 각자가 자유롭게 자신의 역할을 연기하며 이야기가 진행된다. 모두가 훌륭한 연기자여서 이야기는 잘 진행되었고, 자발적으로 극적인 연기를 펼쳐 어떤 때는 옆에서 우유병을 정리하던 할머니가 감탄하기도 했다.

"재미있는 드라마구나. 너희를 보니 텔레비전 드라마를 안 봐도 될 것 같아."

어른이 그렇게 말해주는 것이 싫지는 않아서 우리는 더욱 연기에 몰입했다. 대략적인 줄거리는 언제나 '나쁜 마법사에게 저주를 받은 보통 사람 나오코'에서 시작되었다. 나오코는 저주 때문에 속아서 진짜 엄마를 만나지 못한다. 그래서 대항할 마법을 써서 저주를 풀어야만 한다.

그러기 위해서는 '마법의 도구'가 필요했다. 미리미리인 나와 파리파리인 미사키짱은 분홍색 옷상자에 든 많은 장난감 중에서 마음에 드는 것을 몇 개 골라 하트파리와의 전쟁을 준비했다.

우리는 반짝거리는 것을 좋아했는데, 핑크레이디(1970년대 일본 여성 아이돌 - 옮긴이)의 미짱의 사진이 든 금색의 펜던트나 숙모가 준 4센티 정도의 자수정 조각이었다. 미짱의 펜던트는 하트파리의 불길한 저주를 막을 부적이 되어, 그것을 걸고 주문을 외우면 어느새 나쁜 마법은 스르륵 풀리기 시작했다.

나와 미사키짱은 때를 놓치지 않고 약해진 하트파리를 제압해서 심장 근처에 자수정을 문지른다. 그러면 동생은 축 늘어져서 항복을 외친다.

동생아, 미안.

'마법사 놀이'가 그녀의 인격 형성에 트라우마를 남겼다고 생각하고 싶진 않지만, 시간이 지나 어른이 되고 보니 그녀는 '반짝이는 것'에 그다지 흥미를 느끼지 않는 여자가 되었다.

나는 어떤가.

결혼반지는 남편이 길가 노점에서 2,000엔 정도의 것을 골라 주었고, 약혼반지는 돈이 없었던 남편을 대신해서 시어머니가 다이아몬드가 박힌 것을 사 주셨다. 모두 감사하게 받았지만 그것을 끼고 다닌 적은 거의 없었다. 내가 결혼반지를 꼭 껴야 한다고 여기는 성격이 아니라는 것은 결혼을 하고 나서야 깨달았다. 남편은 나를 '돈 안 드는 마누라'라며 놀렸지만, 사실은 그렇지 않다. 진심으로 원하는 반지를 만나지 못했을 뿐이라는 것을 나중에 알았다.

물건도 사람도 모두 마음의 준비가 되었을 때 비로소 만날 수 있는 것이 아닐까.

7년 전 한 골동품점에서 '나의 것'이라고 직감했던 첫 반지를 만났을 때 나는 마침 그것을 살 준비가 되어 있었다. 골동품에 관해 아는 것도 없고 나의 사치를 위해서 쓸만한 금액은 아니었지만, 그렇다고 살 수 없는 금액도 아니었다. 그때 처음으로 받은 저자 인세가 남아 있어서 통장의 돈을 찾으면 살 수 있는 여유가 있었다. 금으로 된 링 위에 몸길이 2센티 정도의 은토끼가 옆으로 얹혀 있는 색다른 반지였다.

토끼의 몸 전체에는 거친 모래알 크기의 다이아몬드가 박혀있었고, 가게 주인에 따르면 초록색 눈은 에메랄드라고 했다. 그것은 광선처럼 날카로운 빛이 나서 마치 목적지를 응시하는 듯 보였다. 금빛 보름달을 뛰어넘으면서 이 토끼는 마법을 사용할 것이 틀림없었다.

주인에게 반지의 출처를 물으니 이탈리아 지방의 어느 마을에 있는 골동품점에서 발견했으며, 만들어진 시기는 100년쯤 전이라고 알려주었다.

집에서 반지와 단둘이 있을 때면 어릴 적 마법사 놀이를 하듯 토끼에게 소원을 빌었다. 만나야 할 사람이 있는 곳으로 나를 데려가 주세요, 라고. 나와 함께 가능한 한 많은 바깥세상을 보자고.

충실한 토끼는 초록색 눈을 빛내며 나의 소원을 듣는 것처럼 보였다. 그런 덕분인지 지금 나는 이 반지를 샀을 때보다 더 많은 사람과 만나며 예상치 못한 기회를 얻었다. 반지를 샀던 그즈음에 도쿄 이토이시게사토 사무소(현 호보니치)와 연이 닿았다. 그 후 이 회사에서 만든 게센누마 니팅이라는 손뜨개 회사의 디자이너가 되었고, '미쿠니츠'라는 뜨개 키트 온라인 쇼핑몰을 호보니치에서 담당하고 있다. 외국에 나갈 일은 평생 없을 거라 생각했는데, 공적으로든 사적으로든 해외에 나갈 일이 점점 늘어 얼마 전에는 네 번째 영국행을 위해 여권을 갱신했다.

언젠가 고향에 갔을 때 가족에게 이 '마법의 반지'에게 어떤 이름이 좋을지 물었더니 경마를 좋아하는 아빠가 '럭키 에메다이아'라는 경주마 같은 이름을 붙여 주었다.

왠지 운이 좋을 것 같아서 마음에 들었지만, 결국 초등학생이었던 아들이 지어준 '우사긴'(우사기는 토끼라는 뜻의 일본어―옮긴이)이라는 이름으로 나는 부르고 있다.

다케 할머니

8월 8일, 엄마에게 전화를 했다.

풋콩을 많이 보내왔기에 인사라도 드릴 목적이었는데, 내 말이 끝나자 엄마는 기다렸다는 듯 말을 전했다.

"다케 할머니에게 큰일이 났어."

다케 할머니는 엄마의 엄마, 나에게는 외할머니였다. 94세인 외할머니는 두 살 연하인 외할아버지와 다케지마라는 지역에서 살고 있다. '다케지마의 할머니'여서 다케 할머니라고 불렀다.

부모님은 다케지마에서 차로 10분 정도 거리에 살면서, 니가타 시내에 사는 삼촌 부부와 교대로 거의 매일 쉬는 날 없이 식사와 매 끼니 복용해야 할 약을 챙기고, 청소와 쓰레기를 버리고 요양 보호사가 오는 것을 맞이한다. 할머니, 할아버지를 돌보게 된 지 벌써 15년이 지났는데, 최근 5, 6년 전부터는 어른들의 상태가 급격히 나빠져서 부모님과 삼촌 부부의 고초가 이루 말할 수 없다는 사실이 멀리 있는 나에게까지 전해져 온다.

다케 할머니에게 큰일이 났다는 소식은 이제는 흔한 일이 되어버렸지만, 무슨 일이 생기면 뒷감당을 해야 하는 입장인 엄마는 웃을 일이 아니었다. 하지만 '사건' 을 전화로 듣는 나는 멀리 떨어져 있다는 핑계로 사실 크게 와 닿지 않았다. 오히려 재미있는 일이 생긴 것은 아닌지 기대마저 들 정도였다. 다케 할머니가 이번엔 또 무슨 일을 저지른 것일까.

이런 생각이 드는 것은 다케 할머니의 성격 탓도 있었다. 미성숙한 채 나이가 들어서 때로는 어린아이 같은 행동을 했다. 어느 날은 부모님이 무화과나무 밑동에 설치해둔 덫에 흰코사향고양이가 걸린 적이 있었다. 하도 보고 싶다고 우겨대서 철장 옆에 의자를 두고 앉아 있도록 했는데, 두 시간 동안 끈기 있게 바라보고 있었다고 한다.

그 후로도 며칠 동안 다케 할머니는 계속 그 고양이에 관해 얘기했다는 것이다. 밤낮없이 떠들어대다 보니 어느새 그 짐승의 이름은 '몽구스'로 바뀌었고, 결국은

'알파카'가 되어버렸다고 한다.

　옛날부터 만나기만 하면 능청스러운 농담을 하던 할머니라서 노망이 난 이후엔 그 능청스러움이 더욱 발전된 것으로 보였다. 할머니를 보면 '다 알고 계시잖아요'라는 말을 하고 싶어진다.

　다케 할머니는 동생인 시호가 고향에 내려오면 "하루는 잘 지내냐"라고 물었다. 시호가 드디어 올 것이 왔다고 생각하면서 "잘 지내요. 하루는"이라고 답하면 "하루는 귀엽고 착한 녀석이라 보고 싶구나"라고 말한다. 하루는 동생이 키우는 개의 이름인데 할머니는 한 번도 만난 적이 없었다. 그런데도 동생만 보면 언제나 아주 잘 알고 있는 것처럼 '착한 녀석'이라고 칭찬을 했다. 마치 오랫동안 만나지 못한 '손주'에게 말하듯이.

　생각해보면 다케 할머니는 반년 만에 만나는 나의 남편에게는 "그쪽 양반"이라고 불렀다. 남편이 생각지도 못한 부름에 놀라면서도 아무렇지 않게 "네" 하고 대답하면 할머니는 "그쪽 양반은 훌륭한 따님을 뒀군요"라고 옆에 앉은 나를 가리키며 말했다.

　다케 할머니는 만난 적도 없는 하루는 매번 잘도 기

억하면서, 4년 동안 함께 살았던 나는 설마 잊었다는 말인가. 어이가 없었다.

　나는 도쿄로 돌아오는 차 안에서 할머니가 일부러 그랬다고 생각을 바꿨다. 나이 차이가 많은 남편과 나를 치매에 걸린 척하며 놀리는 것 아닌가. 다케 할머니다웠다.

　초등학교 2학년부터 5학년까지 부모님과 동생과 나는 다케지마의 외갓집에서 외할머니, 외할아버지와 함께 살았다. 뒤뜰에는 다케 할머니의 밭이 있었다. 길고 좁은 밭이었지만 면적은 초등학교 운동장 크기였다. 딸기, 아스파라거스, 불단에 바칠 꽃.

　인삼, 무, 마, 토란, 감자, 양파, 대파.

　완두콩, 오이, 피망, 토마토, 가지, 옥수수.

　참외, 멜론, 수박.

　다케 할머니가 키우는 작물은 채소도, 과일도, 꽃도 모두 훌륭했고 맛있었다. 봄이 되기 전 농협에서 비료를 잔뜩 사두었지만, 비료 이상으로 할머니는 밭에 정성을 다해 자신의 시간과 힘을 쏟아부었다. 학교를 마치고 집에 오다가 밭을 지날 때면 늘 다케 할머니가 있었는데, 자기 방식대로 풀을 뽑거나 물을 주고 있었다. 옷은 니가타 농가의 아주머니들이 즐겨 입는 유니폼 같은 꽃무늬 상의에 챙모자를 쓰고 운동복 바지에 장화를 세트로 신었지만, 목에는 항상 두꺼운 18금 목걸이를 걸고 있었다. 밭일 틈틈이 아는 원예점에서 아르바이트를 해서 샀다는 자랑스러운 목걸이였다. 누가 보는 것도 아닌 밭일을 하면서 금목걸이를 차고 있던 할머니가 나는 왠지 멋지다는 생각을 했다.

할머니의 남편(우리는 '다케 할아버지'라고 부른다)은 우체국장이었고 자기 집도 가지고 있어서, 할머니가 금전적인 이유로 밭일을 하고 있던 것은 아니었다. 다케 할머니에게 밭은 단순히 '반찬값 벌이' 차원의 일이라기보다는 더욱 매력적인 무엇이지 않았을까. 다케 할머니는 밭에 사는 애벌레나 뱀과 같은 어떤 것들도 무서워하지 않았다. 어느 날 나와 동생이 밭고랑에 작은 동물의 사체가 나뒹굴고 있는 것을 보았다.

"그게 뭐야?"

우리가 묻자 할머니는 그것을 손에 올려놓고 보여주며 대답했다.

"두더지야. 꽉 비틀어 죽였지."

몸에 어울리지 않는 커다란 야구글러브 같은 두더지의 손을 우리는 그때 처음 보았다. 매끄러운 털과 아주 작은 눈도. 애처로웠다.

"불쌍해~~!" 나도 모르게 소리치자 할머니가 말했다.

"뭐가 불쌍해? 고구마 뿌리를 갉아 먹는 못된 녀석인 걸. 알겠어요? 리본짱?"

알겠어요, 리본짱은 '리본 주스'라는 음료 광고에 나오는 문구였는데, 다케 할머니는 '리본짱'의 말을 가져다 쓰곤 했다.

"몰라요. 할머니. 다음에 두더지를 발견하면 살려주세요." 애절하게 부탁했지만 여태까지 한 번도 살아있는 두더지를 본 적은 없다. 두더지는 겁이 너무 많아서 잡아둬도 마리짱과 시짱이 집에 올 때까지 살아있지도 못해, 라고 다케 할머니는 말했다.

풀숲에서 올라오는 열기 속에서 풀 뽑기를 하고 있던 땅의 정령 같은 모습이 떠오른다. 할머니는 60년 동안 밭의 규율이며 여왕이었다. 10년 전 즈음에 다리가 아파서 무릎에 쇠를 박는 수술을 받은 할머니는 이제 밭에 나가지 못한다. 지금은 삼촌과 부모님이 밭을 관리해서 다케 할머니가 키웠던 것과 비슷한 맛의 오이나 가지, 완두콩과 토마토를 정성스레 포장해 도쿄에 있는 동생과 나에게 보내주고 있다.

그렇다, 첫머리에서 꺼냈던 '다케 할머니에게 큰일이 났다'는 말의 의미는 이러했다.

엄마와 통화하기 전날, 다케 할아버지가 몸이 아파 입원했는데 그날 밤 다케 할머니는 집을 나가 뒤편의 낮은 울타리를 넘어서 이웃집 마당으로 들어갔다고 한다.

왜 그랬는지는 아무도 모른다고 했다.

다음 날 아침, 현관 앞에서 다케 할머니가 자고 있는 것을 그 집의 주인이 발견해서 연락을 해주었다는 것이다. 자고 있던 곳이 도로가 아니어서 다행이었지만, 혹시 다치기라도 했을까 마음 졸였다고 한다. 하지만 나는 스멀스멀 올라오는 불온한 생각을 억누를 수 없었다. 여름밤, 식어가는 콘크리트 위에 누워 정든 바깥세상에 자신을 맡기고 편하게 잠들었던 다케 할머니는 언제 하늘나라로 떠나도 분명 괜찮았을 것이다.

낮잠

바나나가 죽은 것을 보았다.

어젯밤, 전에 사 둔 먹다 남은 필리핀산 바나나 하나가 과일 바구니 안에 있는 것을 보았는데, 그때는 아직 죽지 않은 상태였다. 일주일 전에 샀던가, 열흘 전에 샀던가. 들어보니 아기의 팔처럼 아직 부드러운 감촉이 느껴져 깜짝 놀랐다. 남편과 아들에게 손을 내밀어보라고 해서 "자" 하며 건네자 두 사람 모두 손에 바나나를 올려둔 채 "우와와와"라고 허둥대며 뛰어다녔다. 이런 느낌은 처음이었다. 기분 나쁠 만큼 물컹물컹했다. 이게 뭐람.

먹기엔 무리라면서도 바로 버리기에 왠지 아까워서 그저 식기수납장에 덩그러니 놓아둔 것이었다.

다음 날 아침, 즉 오늘 아침에 바나나가 죽은 것을 발견했다. 아침 식사를 준비하려고 식기수납장을 열다가 어제 놓아둔 바나나가 어떻게 되었는지 궁금했다. 바나나의 주변에는 물기가 고여 있었다. 그것도 습한 정도가 아니라 바나나 자체에서 흘러나왔다고 하기엔 너무 많은 물기로 주위가 흥건했다. 크기가 줄어든 바나나가 물에 잠겨 있었다.

깜짝 놀라 뒤로 물러섰다.

"이리 와 봐! 바나나가! 보라고!"

내가 소리치자 막 잠에서 깨어난 아들이 달려왔다. 옆에 서서 "이게 뭐야?"라고 말하더니 이내 입을 다물었다. 둘이서 5초 동안 죽은 바나나를 바라보았다.

"왠지 미안하네. 내가 안 먹어서 그래."

아들이 말했다. 반은 바나나에게, 나머지 반은 나를 향한 말이었다.

"할 수 없지. 그런데 바나나가 이렇구나. 물이 나오다니 나도 처음 봤어."

액체화를 멈추지 않는 바나나를 살짝 집어서 마트 봉투에 넣어 입구를 묶고, 식기수납장 위의 물기도 행주로 닦았다. 바나나는 어젯밤 어둠 속에서 이미 바나나임을 멈춘 것이다.

이런 생각을 되새기다가 낮잠에서 깨어 보니 바나나처럼 몸을 구부리고 거실 바닥에 누워 있었다. 바닥의 시원한 느낌이 좋았다.

활짝 열어둔 창문 너머로 우거진 수풀 속 매미가 울어댔다. 나는 한 손으로 방석을 끌어안고, 다른 한 손은 뒤통수 아래에 댄 채 가만히 있었다. 잠을 잘 때 곧잘 취하는 자세였다.

이런 자세로 자는 데는 이유가 있었다.

나는 졸리면 호흡이 얕아지고 가슴부터 위쪽이 굳어가는 느낌이 들었다. 뒤통수도 뻐근하고 무거웠다. 그럴 때면 그대로 누운 채 뒤통수 아래 움푹 들어간 곳에 손을 대고 눈을 감는다. 그러면 무게의 '뿌리'가 손으로 빨려 들어가 몸의 회로에 되돌아가는 느낌이다.

두개골 안의 과열된 기운과 전기 같은 에너지가 손을 타고 나갔는지, 자고 나면 머리가 가볍고 개운해진다. 숨이 깊어지고 손가락 끝이 찌르르하다. 뭐라고 표현해야 좋을지 모를 그 무엇이 나의 몸 끝까지 돌고 있다. 중력을 느낀다. 매우 친근하고 그리운 무게다.

의식이란 것이 물질을 끌어모아 나라는 인간을 만들

어 땅 위에 세우기 이전으로 돌아가는 느낌, 즉 지구의 흙이었던 나로 돌아가는 느낌이다. 아주 오래전에 마당을 에워싼 긴 복도에서 낮잠을 자던 내가 떠올랐다. 내가 태어났던 집이었다. 겨우 두세 살 정도였던 나는 목욕수건 위에 똑바로 누워 잠이 들어 있었다. 눈을 뜨자 엄마가 빨래를 개고 있었다. 툇마루 너머에는 오후 3시 무렵의 레몬색을 띤 밝은 하늘이 있었고, 희미한 하얀 달이 떠오르고 있었다.

낮잠에서 깨어날 때마다 지구라는 거대한 생물이 가진 리듬에 따라 숨을 쉬면 내가 조율되는 느낌이다. 조수간만에 맞춰서 내 안에도 밀물과 썰물이 휘돈다. 바로 '살아 있다'는 감정이다. 내 안에 담긴 물은 더욱 크게 물결치며 함께 휘돌았다. 아직은 그 바나나처럼 '생명체'라는 경계선 밖으로 사라지지 않았다.

새해의 첫 목욕
90세 노인이여
기지개를 켜자

언젠가 읽었던 구절인데 문득 떠올라 읊어보았다.

아와노 세이호라는 시인이 90세 정월에 지은 구절이다. 축하라는 것은 바로 이런 것일까. 90세의 세이호 씨도 46세의 나도 산다는 것은 그 자체로 기쁨인 것이다. 뜨거운 욕탕에서 쭈글쭈글한 몸을 펴는 것, 낮잠을 자고 깊게 호흡하는 것, 눈을 뜨고 낮달을 바라보는 것, 그 모든 것이 그러하다.

이제 슬슬 일어나 오후 일을 시작해야겠다.

몸을 일으켜 움직이자. 언젠가 나로 있기를 멈추는 날이 오면, 그 바나나처럼 모든 것을 내려놓고 편안할 것이니.

인형 놀이

고양이 인형을 가지고 있었다.

리카짱 인형(1967년 일본에서 발매한 사람 비율의 인형-옮긴이)을 사달라고 하기 전이니 내가 세 살 무렵이었을 것이다. 크기는 1미터나 되었을까. 당시는 '아주 긴 고양이'라고 느꼈지만, 그러한 느낌도 내 몸을 기준으로 한 것이니 실제는 그보다 더 짧은 인형이었을지도 모른다.

고양이는 머리부터 꼬리까지 새하얗고 복슬복슬한 털로 뒤덮였고, 솜은 별로 든 것이 없어서 안으면 물렁거렸다. 그것은 마치 엄마가 외출할 때 두르는 너구리 목도리 같았다. 이름은 미짱이었다.

미짱은 플라스틱 파란 눈과 분홍색 코가 붙어 있었고, 뺨에는 투명한 낚싯줄 같은 소재의 수염이 나 있었다. 나는 심심할 때면 미짱을 안고 바닥에 앉아 눈과 코를 어루만지다가 마지막에는 늘 수염을 깨물었다. 당시에 엄지손가락을 빠는 버릇이 있었는데, 어른들이 못하게 해서 겨우 멈췄을 무렵이었다. 아무 생각 없이 수염을 깨물고 있으면 금방 마음이 가라앉았지만, 깨물면서도 "미짱, 미안해"라고 사과했다. 미짱의 수염은 내가 깨무는 통에 하루에 한두 올씩 떨어져 나갔다.

아프지, 미짱?

괜찮아, 라고 미짱이 대답했다.

그러나 수염도 나날이 숱이 적어져서 마침내 짧은 몇 올밖에 남지 않았을 무렵, 미짱이 사라졌다. 가족 중의 누군가가 내다 버린 것이었다. 멍하니 앉아 수염을 깨물던 아이와 점점 더러워져 가는 봉제 인형은 어른이 보기에 기분 좋은 것은 아니었을 것이다. 나는 서럽게 울었다. 이제 영원히 미짱은 없는 것인가. 너무하다고 생각했다.

나의 탄식이 걱정되었는지 얼마 지나지 않아 미짱을 쏙 빼닮은 인형을 사주었다. 니가타시의 지하상가에서 똑같은 것을 팔고 있었다고 엄마는 말했다. 어느새 회색이 되었던 '옛날 미짱'과 크기는 같았지만, 전혀 달라 보일 정도로 새것이어서 수염도 빳빳했다. 대용품으로 내게 온 그 인형을 거부했냐고?

아니.

나는 망설임 없이 새로운 미짱을 와락 껴안았다.

복슬복슬한 털에서 그리운 화학제품 냄새가 났다. '옛날 미짱'을 잊었을 리 없었다. 하지만 2대 미짱이 내게 온 것이 너무 기쁜 나머지 마치 기적처럼 느껴졌다. 그때부터 나는 2대 미짱을 옛날 미짱과 똑같이 대했으나, 수염을 깨물 때는 적정선을 지켰다.

봉제 인형 놀이를 그만둔 것은 열 살 무렵이었다.

아빠가 "슬슬 어른이 될 텐데 인형 놀이는 졸업해야지"라고 했기 때문이었다.

아빠는 대체로 나에게 다정했으니 아마도 심한 말로 꾸짖을 생각은 아니었을 것이다. 나의 성장을 독려하기 위한 아빠 나름의 배려였다.

그렇기 때문에 나는 오히려 그 말을 흘려들을 수 없었다.

어른이 하는 말을 거역하는 법을 몰랐고, 아빠도 나와 인형의 관계를 몰랐을 것이다.

잠들 때마다 베개 옆에 가지고 놀던 인형들을 죽 늘

어뒀다가 잠에서 깨면 정해진 자리에 가져다 놓았다. 아침이 되면 학교에 가야 하지만 그 이외의 세계, 나를 무조건 받아주는 작은 것들의 세계를 내 뒤에 두고 있다는 안정감에 기댄 삶이었다. 어린아이였지만 마음고생이 많은 나날을 보내던 나에게 '그들'은 마음의 정상 체온을 유지하는 역할을 해 주었다고 생각한다.

그런데 갑자기 그 따뜻함에 안녕을 고할 때가 온 것 같았다.

작은 절망감이 들었다. '그들' 없이 나는 즐겁게 살아갈 수 있을까. 어른이란 무엇을 즐거움 삼아 살아가는 것일까. 그 해답을 찾지 못한 채 나는 내가 만든 자그마한 낙원에 머물기 위한 근거를 찾지 못하고, 지금 생각하면 너무나도 깔끔하게, 그것들을 버렸다.

'그리고'라고 해야 할까, 아니면 '그러나'라고 해야 할까. 최근 나는 '인형 놀이'를 다시 시작했다.

40년 만의 일이다.

아들을 낳은 뒤 토끼 인형을 사서 나에게 선물한 적은 있지만, 가지고 놀지는 못했다.

워낙 바빴다. 살림과 육아, 그리고 일을 병행하는 나에게 놀 여유 따윈 없었다.

계기는 트위터였다. 내가 팔로우하는 동년배의 여성이 최근 샀다는 인형 사진을 올린 것을 보고 관심이 쏠렸다. 이게 뭐지, 생각했다. 약 올리는 건가, 라고도 생각했다. 말하자면 근사한 장난감을 산 친구를 보고 반사적으로 느끼는 질투였다.

아니, 질투할 필요는 없지. 나도 사면 되잖아.

그걸 깨달은 건 두세 달이 지나서였다. 온라인 쇼핑몰에는 눈이 핑핑 돌 정도로 많은 인형이 판매되고 있었다. 신제품, 중고품, 골동품 수준의 것을 비롯해 세계 모든 나라의 인형을 볼 수 있었다. 일주일 정도 밤마다 인터넷을 뒤지다가 겨우 마음에 드는 것을 찾았다. 100년 전쯤 독일에서 만들어진 통통한 여자아이 모양의 도자기 인형이었다. 빛바랜 아르데코 시기의 복장을 하고 있었다. 키는 17센티였다. 레몬색 단발머리에 회색 눈동자는 비스듬히 위를 바라보았고 입은 가볍게 닫혀 있었다. 튀어나온 배와 통통한 다리에 하얀 양말과 갈색 신발을 신고 있었다. 70달러였는데 배송비를 더해도

1만 엔이 조금 넘는 정도여서 생각했던 것보다 꽤 저렴했다. 열흘쯤 지나 미국의 골동품점으로부터 도착한 상자에서 인형을 꺼내 품에 안자 형언할 수 없는 기쁨이 가슴속에서 솟구쳐 올랐다. 다음 날, 그녀에게 새 옷을 장만해 주었다. 연한 블루와 핑크색 바탕의 크레프드신(얇고 부드러운 실크 원단 - 옮긴이)으로 민소매 드레스를 만들고 흰색과 분홍색이 섞인 실로 레이스 모양의 카디건을 떴다. 입혀보니 드레스는 딱 맞았는데 카디건은 품이 작아서 앞이 제대로 여며지지 않았다.

미안해, 솜씨가 이 정도라서. 그녀의 노란 단발머리를 쓰다듬으며 가슴에 끌어안았다.

또 만들어 줄 거지?

내 품속에서 그녀가 속삭였다.

만들어줄게. 다음에는 더 제대로, 더 멋진 걸 말이야.

대답을 해주고 나는 다시 인형을 바라보았다.

장롱면허

20대 중반쯤, 업무에 필요해서 운전면허를 따게 됐다.

운전학원은 사이타마의 강변에 있었는데, 이케부쿠로에서 소형버스로 편도 40분 정도를 흔들리며 다녔다. 오갈 때마다 항상 휴대용 CD플레이어로 차이콥스키의「호두까기 인형」모음곡을 들었다. 왜 하필「호두까기 인형」이었을까. 분명 겨울이 끝나갈 무렵이었으니 크리스마스 기분에 취해있을 때도 아니었다. 전년에 결혼한 사람이 당시 클래식 음악 연주자를 하고 있어서 그런 장르에 관심이 생겼을 수도 있다. 그렇다고는 해도 왜 계속 그 음악만 들었을까. 집에는 남편과 내가 가져온 꽤 많은 CD가 있었는데.

답은 내 '안'에 있었다.

그때의 나는 버스 안에서 혼자가 아니었다. 음악을

들려주고 싶은 사람이 내 안에 있었다. 임신했다는 사실을 알게 되자 나는 「호두까기 인형」을 선택했다. 속삭이는 듯한 은밀함에서 대단원으로 향하는 그 모음곡의 흐름이 달이 차면 세상으로 나올 태아의 여정을 축복해주는 느낌이었다.

　내가 보고 듣는 모든 것이 어둠 속에서 아직 열리지 않은 작은 눈과 귀를 지나 아이의 의식으로 이어진다. 그런 모습을 상상하며 가능하면 '여기는 꽤 즐거운 곳이야'라고 전해질 것 같은 음악을 들려주자는 마음이었다.

　그건 그렇고, 운전 연습은 어땠을까.

　첫날은 강사를 조수석에 태우고 긴 직선을 기분 좋게 달렸다. 하지만 다음날 칸막이로 나눠진 작은 미로 같은 코스를 돌자 문제에 직면했다. 강사의 지시에 따라 좁은 코스를 느릿느릿 조심스럽게 운전했지만 아무리 애써도 자꾸만 경로를 벗어났다.

　쿵.

　에헤헤, 죄송합니다.

　후진했다가 다시 천천히 나아갔다.

쿵.

아아, 미안합니다.

"여기에서 이 기둥이 보이면 핸들을 꺾으세요"라며 강사는 참을성 있게 반복해서 주의를 주었지만, 나로서는 그렇게 간단하지 않은 문제였다.

나는 더딘 사람이었다.

세상을 살면서 느끼는 '체감속도'가 대부분의 사람과 몇 단계는 달랐다. 더욱이 낯선 사람과 있으면 더욱 긴장해서 가르쳐주는 것을 익혀서 다음 행동으로 진행하는 것에 서툴렀다. 강사가 주의를 준 기둥이 보여도 내 머릿속의 판단력을 담당하는 부분은 일순간 다운되어 다음 단계로 나아가지 못했다.

우선 자동차의 크기를 나의 몸을 인식하듯이 가늠하지 못했다. 그러려면 자동차와 나 사이에 강사의 말이 끼어들지 않아야 했다. 가능하다면 강사가 두세 시간 다른 곳에 다녀오고 나와 차를 여기에 남겨두면 좋았을 것이다. 차와 오붓하게 있으면서 코스를 마구 벗어나는 시행착오를 거쳐야 나만의 언어와 방법을 습득할 수 있다. 하지만 그렇게 할 수는 없는 일이었다. 주차법

과 비탈길 오르기, 그 외의 모든 방법을 연습하는 데에
주춤거리던 어느 날이었다.

　"학생분은 면허시험에 합격하더라도 조만간 반드시
사고를 낼 겁니다."

　강사는 나를 똑바로 보면서 선언하듯 말했다.

　큰일이네, 이거.

　운전하는 자체를 싫어하지는 않아서 조금씩 흥미를
느끼던 참이었다.

　친가의 미사호 할머니가 들려준 이야기가 부러웠다.
그녀는 1940년대에 우유 배달을 위해서 운전을 배웠다.
공터에 나가 할아버지에게 삼륜차 운전법을 대강 배운
뒤 혼자서 몰고 다니다가, 이 정도면 됐다 싶어서 경찰
서에 가서 면허를 받았다고 한다.

　물론 그런 방법은 이제 없어졌고, 가능하다 해도 나
는 운전을 하지 않는 편이 나와 세상을 위하는 길이라
고 생각했다. 겨우 차를 움직이는 정도는 됐지만, 만일
의 상황에 대처하는 반응속도가 너무 느려서 강사의
말대로 꼭 무슨 일이 생길 것 같았다.

　희한하게도 그 시기에 내가 직장에서 운전할 일이 취

소되어서 그 이후로 20년 동안 혼자서 운전한 적이 없다. 그렇다. 면허는 땄다. 두 번의 연습 시험과 두 번의 도로주행 시험을 거쳐서.

하지만 이제는 기어 조작법도 잊었고, 어느 쪽이 엑셀이고 브레이크인지도 기억나지 않는다. 어쩌다가 지갑 속 카드와 섞여 있던 면허증을 꺼내게 되면 쑥스럽게 웃을 때가 있다. 장롱면허이기 때문이다.

「호두까기 인형」은 지금도 가끔 듣는다.

그때 나의 뱃속에서 함께 운전 교습을 받은 '호두'보다 작았던 아들도 벌써 19세가 되어 운전면허증을 가지고 있다.

다케 할아버지

외할아버지가 돌아가셨다.

도쿄에 폭설이 내리고 니가타는 대규모 한파임을 알리는 텔레비전 뉴스로 시끄러운 아침, 딸인 나의 엄마가 지켜보는 가운데 병실에서 조용히 숨을 거두었다. 93세였다. 사인은 의학상 명칭을 찾을 수 없을 정도로 이미 이곳저곳이 기능을 다해 병원 침대에서 오랫동안 누워만 있었기 때문에 '자연사'라는 말이 적당했다.

언말에 병문안을 갔을 때, 만화에 등장하는 해골처럼 야윈 다케 할아버지는 예전의 얼굴이 아니었다. 내게 익숙한 한창때의 다케 할아버지는 풍채가 좋았다. 맛있는 것을 무척 좋아해서 가족을 데리고 자주 외식을 하러 다녔다.

직장이었던 우체국에는 회색 양복에 조끼까지 갖춰입은 채 오토바이를 타고 다녔다. 퇴근 후에는 편한 일본식 복장으로 갈아입고 내가 "저녁 식사 하세요"라고 작은 서재에 부르러 가면 책상 앞에 단정하게 앉아 책을 읽거나 편지를 쓰고 있었다. 그런 모습이 참으로 보기 좋았다. 하지만 이제 침대를 옮길 때도 다리를 쓰지 못했다. 포기한 여자 간호사 두 명이 파자마에 싸인 가는 몸을 시트째 둘둘 말아 막대사탕처럼 들어 올려 다른 침대로 옮겼다. 할아버지는 입을 조금 벌리고 천정을 응시했다.

상대의 수다를 기대하듯 반짝이던 그 특유의 눈빛을 잃었고, 그 자리에는 작은 검은 구멍이 남았다. 가까이 가보면 검은 구멍은 마치 먼 곳을 보듯이 이쪽을 멍하니 바라보았다. 하지만 엄마가 나를 가리키며 "아버지, 누군지 아시겠어요?"라고 물으니 잠시 후에 조금 귀찮은 듯이 입을 열고 "마" 하고 대답했다.

엄마와 나는 웃었다.

맞아요, 마리코예요.

"내일은 새해 첫날이어서 다른 손주들도 올 거예요." 나는 생각나는 좋은 소식 중에서 다케 할아버지가 가장 좋아할 것을 골라 전해 주었다. 하지만 할아버지가 '내일'을 상상할 수 없다는 사실을 잘 알고 있었다. 나이를 많이 먹으면 인식할 수 있는 것은 자신이 지금 존재하는 현재, 아니면 수십 년 전의 일이라고 한다. 어제나 내일, 혹은 30분 후라는 현재에서 조금 떨어진 '가까운 시간'은 더 멀리 가버린다.

대신 자신이 젊은 시절의 일은 잘 기억하고 있었고, 말을 할 힘이 있을 때는 사람의 이름이나 경치에 관한 이야기를 또렷하게 들려주곤 했다. 할아버지는 이제 안타깝게도 그런 사소한 이야기를 할 수도 없게 되어 있었다.

초등학교 2학년부터 5학년까지 본가에서 조금 떨어진 다케지마라는 지구에 있는 외갓집에서 살았다.

친근했던 할머니에 비해 다케 할아버지는 왠지 다가가기 어려워서 우리가 치대며 가까이 가는 일은 거의 없었다. 그래도 나와 동생에게 자상하게 대해 주었고 결코 냉정한 편은 아니었지만, 보통의 할아버지들이 손주를 안아주듯 '귀여워하는' 감정을 표현하지는 않았다. 그것은 우리 자매가 시집보낸 딸의 아이, 즉 '외손주'라는 이유도 있었겠지만, 서로 궁합이 맞지 않아 친숙함이 없었다는 편이 더 맞다고 생각한다.

이런 말을 왜 하냐면, 내가 성인이 됐을 무렵에 태어

난 사촌동생을 할아버지는 매우 귀여워했기 때문이다. 할아버지가 처음으로 맞이한 손자였다.

우체국을 퇴직한 다케 할아버지의 하루하루는 새로운 손자의 재롱을 보는 기쁨으로 가득했다. 그것은 아마도 노년에 접어든 그에게 예상치 못한, 애정에 압도되는 나날이었으리라. 온종일 손자의 뒤를 쫓아다니며 매미를 잡아주었다. 손자를 위해서라면 죽어도 좋다고 말했다는 것을 엄마가 전화로 재미있다는 듯이 말해주었다. 도쿄에서 대학 생활을 하던 나는 눈이 부신 기분으로 그 말을 들었다. 내가 이루지 못한 기적이 다케지마의 집에서 일어나고 있다는 놀라움이었다.

다케 할아버지가 공을 들여 키우던 산야초 화분이 늘어선 마당 가운데에는 어울리지 않게 거대하게 자란 메타세쿼이아가 있었다. 그 나무 앞에 잠자리채를 손에 쥔 사촌동생과 그 뒤를 졸졸 쫓아다니는 다케 할아버지가 눈에 선했다.

마당의 매미, 장수풍뎅이, 사슴벌레, 잠자리, 논의 용수로에 사는 송사리와 붕어. 지겹지도 않나 봐, 라며 주변 식구들이 놀랄 정도로 계속되는 둘만의 놀이와 작은 생명체를 쫓는 나날도 사촌동생이 자라면서 끝이 났다. 할아버지와의 놀이를 졸업한 사촌동생은 아버지와 강이나 바다로 나다니더니 니가타의 어느 곳이든 낚시에 해박한 청년이 되었다.

한 사람의 일생이 좋은 것이었는지, 충분히 행복했는지에 관한 문제를 속속들이 파고드는 것은 참견이라고 생각한다.

살아있다는 것은 찰나의 순간들이 모인 것이어서 한마디로 표현하는 것 또한 의미가 없는 일이다.

다케 할아버지는 자신이 생각했던 것보다 더 오래 산다고 생각했다. 그 이야기를 들은 것은 내가 초등학교 2학년 때였다.

제2차 세계대전이 발발해서 할아버지는 징집되었고 중국으로 건너갔다. 겨우 스무 살이었던 할아버지는 전쟁이 끝날 무렵 말라리아라는 열병에 걸렸다. "고향으로 돌아가 죽고 싶다는 일념 하나로 집으로 왔단다. 집에 도착했을 때 체중이 30킬로였지. 그래도 중국인들에게 큰 도움을 받았어. 서로 친구라고 불렀고. 그런데도 어떻게 서로 죽일 수 있었을까."

그런 말을 들었을 때 나는 대답할 말이 없어 그저 할 아버지의 다음 이야기가 이어지기만을 기다렸다. 잠시 생각에 잠겼던 할아버지는 무거워진 화제를 바꾸려는 듯 나에게 물었다.

"마리코는 시베리아라고 들은 적이 있냐?"

"아뇨."

"시베리아는 아주, 아주 많이 추워."

"니가타만큼요?"

"니가타라니, 시베리아에 비하면 남쪽 나라지. 시베리아는 너무 추워서 뭐든지 다 얼어버려. 그래서 겨울이 되면 밖에서 말을 해도 들리지 않아. 목소리가 얼어버리는 거야. 긴 겨울이 지나고 봄이 오면 그제서야 목소리가 녹아서 아무도 없는 벌판에서 말소리가 들리기도 하지."

나는 그 얘기가 진실이라고 생각했고, 사실 지금도 반쯤 믿고 있다. 스무 살 할아버지가 들었다던 시베리아의 봄 이야기를.

사토 군

　　　"본가는 센다이에서 파친코장을 하고 있어."

　사토 군이 소곤소곤 얘기했다.

　"집에는 방음시설이 된 노래방이 있어. 무대도 있고."

　"와, 대단하네. 부자구나."

　"음, 뭐 아마 좀 그럴 거야. 근데 그게 벼락부자 같은 거야. 우리 가족은 원래 한국에서 건너와 사업을 시작했거든."

　"그래?"

　우리는 수업 후에 교내 협동조합 매점 옆에 있는 자동판매기에서 70엔짜리 커피를 사서 문학부 건물에서 교문까지 이어지는 언덕 아래 벤치에 걸터앉았다. 여름방학이 끝나 2학기 수업이 시작된 시기였다. 대화를 하면서 사토 군의 옆얼굴을 보았는데, 코 밑으로 드문드문 아무렇게나 난 1센티가량의 수염이 종이컵 커피에 젖어 들었다.

듬성듬성한 수염은 뺨과 턱에도 나 있었다. 조금 통통하면서 하얀 얼굴에는 전체적으로 붉은 기가 돌았다. 도수가 높은 둥근 안경 너머의 눈은 매우 작아서 표정을 읽을 수 없었다. 미안한 말이지만 두더지를 닮은 얼굴이었다.

하지만 그런 말은 하지 않았다.

3학년이 됐음에도 아직 친구가 적은 내가 겨우 사귄 소중한 반 친구였다.

알게 된 지 3개월. 사토 군이 본가의 이야기를 할 정도로 나에게 마음을 터놓고 있다는 것이 기뻤다.

"시험 범위 좀 가르쳐 주시겠습니까?"

그가 말을 걸어온 것은 6월의 어느 날이었다. 나도 확실하지 않다는 대답을 하면서 노트에 기억나는 것을 적어 종이를 찢어 주었다.

"반에 아는 사람이 없어서, 고맙습니다."

그는 매우 기쁜 듯 인사를 했다. 다음 수업에서 만났

을 때 그는 "지난번 일의 답례라고 해도 좋을지 모르겠
지만"이라며 구깃구깃한 B5 크기의 종이를 한 장 내밀
었다. 안내문 같은 내용이었다. 사토 군이 말했다.

"내가 가입한 동아리에서 조만간 이벤트를 하는데,
괜찮다면 오실래요?"

"아."

"대답은 다음 수업 때 해도 되니까."

나는 조금 놀라면서도 감사 인사를 하고, 누마부쿠
로의 하숙집으로 돌아와서 책상 위에 그 종이를 펴놓
고 천천히 읽었다. '대학의 동아리에서 시모키타자와
의 클럽을 하룻밤 빌려 음악을 즐기는 행사를 개최한
다'는 안내문이었다. 'S연硏'이라는 동아리의 이름과
장소, 날짜, 연주곡 리스트가 손글씨로 쓰여 있었다. 조
금은 거칠었지만 기운이 넘쳤다. 결코 잘 썼다고 볼 수
없는 거뭇거뭇한 글자들이 마구 에너지를 내뿜는 것이
느껴졌다.

나는 안내문에 매료되었다.

'클럽에 가본 적은 없지만 당연히 가야지. 그런데 내
가 가도 될까?' 다소 혼란스러운 마음의 소리가 들렸

다. '참, 시짱에게 말해보자.' 그해 봄, 도쿄에 와서 함께 살기 시작한 동생은 예전부터 신나는 일이라면 놓치지 않는 성격에 호기심 가득한 아이여서 분명 흥미를 가질 것이라고 확신했다. 예상대로 종이를 내밀자 "에~, 이게 뭐래~"라고 수상한 척하면서도 곧바로 그녀의 마음의 소리가 나에게 화답하는 걸 알 수 있었다.

갈게. 둘이서 가면 괜찮겠지.

이걸 준 사토 군은 좋은 사람이야. 답을 할 때 시짱도 간다고 얘기해 놓을게.

그렇게 해서 나는 동생을 데리고 처음으로 '클럽'이라는 곳에 갔다.

저녁 무렵 동생과 시모키타자와역에서 내려 행사장인 클럽에 가자 입구에서 사토 군이 기다리고 있었다. 동생을 소개하고 좁은 계단을 한 줄로 내려갔다. 어두컴컴한 구석에서 접수처의 여자아이에게 티켓과 음료를 교환한 후, 우리 셋은 이미 사람들로 꽉 찬 무대를 돌아 들어가 뒤쪽 벽에 달라붙듯 자리를 잡았다.

"소리 엄청나네."

"담배 피우는 사람도 많아."

"이게 다 같은 동아리 사람?"

"다 그런 것은 아니고, 다른 대학교 학생들도 많아."

"음악을 트는 사람은?"

"저건 우리 대학 사람들."

우리는 눈앞에서 춤추는 사람들을 바라보며 가끔 얼굴을 맞대고는 큰 소리로 알맹이 없는 대화만 계속 나눴다. 사토 군은 동생이 나에게 '너'라고 부르는 것이 재미있었는지, 동생이 말을 하다가 '너'라고 할 때마다 세라 마사노리의 「너의 발라드」의 첫 부분을 부르며 장난을 쳤다. 동생과 나는 그 모습을 보면서 히죽히죽 웃었다. 행사의 중반이 되자 DJ는 들어가고, 당시에 비교적 알려진 '러브 탬버린즈'라는 밴드가 연주를 했다 (그것이 그날 밤의 하이라이트였다). 그 후에는 사토 군의 친구인 다나카라는 부잣집 도련님 같은 남자가 기타를 메고 무대에 나와서 「이파네마에서 온 소녀」를 연주하며 읊조렸다.

"다나카 말야, 포르투갈어 가사를 일본어로 그대로 적어서 외운 거라네"라고 사토 군이 가르쳐주었다.

"오이랴케 코이자마 어쩌구 저쩌구 어쩌구 저쩌구."

클럽 안이 쥐 죽은 듯이 조용해졌다.

조금 전까지 춤을 추던 모두가 움직임을 멈추고 신기하다는 듯 노래를 들었다.

막차 시간에 맞춰 동생과 나는 클럽을 나왔다.

지하의 공기와 달라서 자연스레 심호흡이 나왔다. 동생은 분명 사토 군이 마음에 든 눈치였다.

"저렇게 재미있는 사람 좀처럼 없을 것 같아"라고 돌아오는 전철 안에서 동생이 말했다. 나는 오늘의 일을 돌이켜보며 '클럽'을 나의 영역 중의 하나로 생각하기 시작했다.

그 이벤트 후 2개월 이상의 여름방학을 지나 이 글의 첫 장면으로 되돌아간다. 사토 군은 나와 동생에게 줄 것이 있다면서 벤치에 둔 배낭에서 뒤적뒤적 무언가를 꺼냈다.

두 장의 티셔츠였다.

하나는 밝은 파란색, 다른 하나는 빨간색 바탕이었는

데 가슴 한가운데에 흰색으로 'A&M RECORDS'라는 레이블 로고가 크게 찍혀있었다.

"와, 굉장한데. 어디서 난 거야, 이거?"

사토 군은 다소 부끄러운 듯 대답했다.

"내가 만든 거야. 집에 실크스크린 도구가 있거든."

"오~, 정말 대단하네. 받아도 돼?"

"응. 동아리 친구들에게 나눠주려고 많이 만들었으니까 가져."

당시에도 레코드 회사의 로고를 마음대로 찍어서 티셔츠를 만들어도 괜찮을까 생각하긴 했지만, 나는 그 레이블에서 발매된 버트 바카락이나 세르지오 멘데스의 음악을 굉장히 좋아했고, 사토 군이 속한 '그룹' 안으로 들어간 것 같아 왠지 기뻤다.

"동생에게는 빨간색을 줄게. 나는 파란색을 갖고. ……그런데 사토 군."

"응?"

"취직 활동 같은 거 생각하고 있어?"

아까 본가 얘기를 듣고 난 뒤라 편하게 물을 수 있었다.

"아니, 아직은 전혀. 나가쓰 씨는?"

"나도 아직. 어떻게 해야 좋을지 잘 모르겠어."

"그렇구나. …… 맞다, 나가쓰 씨. 함께 지중해에 가서 살지 않을래? 일 년 내내 따뜻하다니 매일 바다에 들어가 해면을 채취하고 말이야. 그거 알아? 해면은 팔면 엄청 비싸다고."

"응……. 해면, 사려면 비싸긴 하지."

왠지 조금 울고 싶은 마음이 들었다.

당시의 나는 안 그런 척했지만, 사실은 겁이 많아서 장래를 생각하면 두려웠다.

졸업 후에는 어떤 좋은 일도 일어나지 않을 것 같은 나쁜 예감에 사로잡혀 헤어 나오지 못하고 있었다. 그에 반해 해면 채취나 하자는 사토 군의 말은 나의 불길한 미래의 예상과 다를 바 없을 정도로 바보 같아 보였지만, 해맑다는 점에선 압도적으로 우위였다.

졸업할 때까지 사토 군과 나는 70엔짜리 학교 커피를 셀 수 없이 많이 마셨고, 가끔 도쿄 시내로 놀러 나가기도 했다. 나에게는 남자친구가 있었기 때문에 사귀는 것도 아니었다. 단지 함께 있으면 즐거웠고, 서로 믿어주는 존재였다.

소중한 친구였다.

두 개의 장면을 선명하게 기억하고 있다.

둘 다 클럽에 갔을 때의 일이다. 언제나 벽에 기대어 술을 마시던 나를 향해서 사토 군이 "가끔은 춤추자"라고 말했다.

"나는 춤을 못 춰. 어떻게 추는지도 몰라."

나의 대답을 들은 사토 군은 나를 끌고 무대의 한가운데로 나가 나의 양손을 잡고 흔들흔들 좌우로 크게 흔들었다. 그는 "별거 아니야"라고 말했다. 언제나 따뜻하지만 강요한 적이 없는 친구가 보여준 돌발적인 행동이었다.

이번에도 벽에 기대어 사토 군과 대화를 나누면서 멍하니 무대 너머 스크린을 바라보고 있을 때의 일이다. 줄거리를 따라가지는 못했지만, 그곳에 흐르고 있는 것은 영화 「그랑블루」였다. 남자가 잠수하는 장면에서 갑자기 눈앞이 캄캄해졌다. 사토 군이 팔을 뻗어 손바닥으로 내 눈을 가린 탓이었다.

"무슨 일이야?"

놀란 내가 묻자 옆에서 사토 군의 목소리가 들려왔다.

"이제 저 남자 죽는다. 무서우니 안 보는 게 좋아."

나는 그 손이 치워질 때까지 얌전히 기다리면서 그가 만든 폭신하고 따뜻한 어둠 속에 머물렀다.

무모한 겁쟁이.

나도, 그리고 아마 사토 군도 자신 안에 있는 어떤 힘을 분명히 느끼면서도 사회에 나가면 분명 실패할 것이라는 근거 없는 무력감을 가지고 있었다. '그곳'에 뛰어들지 않으면 세상의 실제 모습을 알 수 없다는 당연한 전제를 받아들이려고도 하지 않았다.

그런 우리에게도 제한 시간은 기어코 다가왔고, 우리는 졸업 직전이 되어서야 겨우 일자리를 구했다. 나는 중고 옷가게에서 아르바이트를 하게 되었고, 사토 군은 텔레비전 프로그램 제작회사의 직원이 되었다. 그리고 둘 다 몇 개월 만에 첫 직장을 관뒀다는 소식까지 주고받았지만, 그 후로 사소한 일이 생겨서 서로 연락을 끊었다.

목둘레가 늘어나고 옷감이 비칠 때까지 입었던 A&M
RECORDS 티셔츠는 이제 내 손에 없다. 언제 버렸는지
도 생각나지 않는 추억이 되었다.

조퇴 습관

중학교 2학년의 2학기가 지나면서 2, 3교시 사이의 쉬는 시간이 되면 1층의 비상구로 가는 일이 잦아졌다. 밖으로 나가 문을 닫고 다른 사람들에게 들키지 않도록 계단에 웅크리고 앉아 있었다. 대개는 어린 개미들을 구경했지만, 특별히 흥미가 있어서는 아니었다. 그 외에는 볼만한 것이 없어서였다. 점심시간이 되면 거기도 학생들이 지나다니기 때문에 나는 3층으로 가서 화학실이나 음악실 문이 열려 있으면 안에 들어가 종이 울리기까지 혼자 있었다. 누군가로부터 괴롭힘을 당하고 있는 것은 아니었다. 기회가 있으면 누구와도 이야기를 나눴고, 친구라고 부를 만한 아이도 여럿 있었다. 단지 그들과 함께 있는 시간이 귀찮아지고 있었다. 귀찮다고 하는 것은 어폐가 있을지도 모르니 좀 더 정중하게 말하자면, '같은 교실에 앉아 있으면 고독감을 느끼게 되고, 그런 모습에 신경이 쓰여서 무리에 끼어

들고자 노력을 하려다 보면 지친다'라는 것이다.

초등학교까지는 가만히 있어도 어떻게든 교실 풍경에 섞일 수 있었지만, 중학생이 되자 시간이 지날수록 그렇게 되기 힘들었다. 학교에서의 소통 방식이나 쉬는 시간을 보내는 법에 익숙해지지 않았다.

예를 들어 초등학교처럼 쉬는 시간에 '깡통 차기'나 '무궁화꽃이 피었습니다' 같은 놀이를 한다면 나도 끼어들 수 있었을 것이다. 그러고 보니 운동장에 그림을 그리며 단짝과 수다를 떠는 것도 좋아했다. 하지만 그런 놀이는 초등학교에서 끝이 났다. 물론 중학교 교실에서 노트에 그림을 그리며 친구들과 수다를 떨 수도 있겠지만, 그런 '자연스러운 어울림'을 만들어내는 걸할 수 없었다.

어떻게 말을 해야 좋을지 알 수가 없었다.

초등학교 6학년이 되면서 전학을 가게 돼 지금까지의 친구들을 모두 잃었다는 것도 이유일 수 있지만, 동시에 전학한 한 살 아래의 동생은 (나름 힘들었을지도 모르지만) 쉬는 시간에 어린 개미를 구경하는 따위는 하지않은 걸 보면 바깥세상에 적응하지 못한 것은 '나의 내면'의 문제였다.

나는 나와 타인 간의 간격에 심하게 신경을 쓰면서 맞는 부분보다 맞지 않는 부분에 집중해 버렸다. 나의 그런 점이 인간 세계보다는 애써 맞출 필요 없는 어린 개미들의 세계에 빠져들게 했다.

우울한 얘기로 빠져버려서 죄송합니다.

하지만 이 시기의 나를 떠올릴 때, 그다지 불행한 얼굴을 하고 있지는 않았다. 수업이 끝난 뒤의 나는 그런대로 느긋했다. 동아리 활동은 '가정과'였는데, 부원이 없었기 때문에 담당 선생님에게 가정과 교실 열쇠를 받아서 혼자 넓은 교실을 독차지했다. 학교 여기저기에서 아이들의 소리가 배경 음향처럼 들려왔다. 운동부 아이들이 달리며 지르는 소리, 연주부원들의 악기 연습 소리를 들으며 마음대로 재봉틀을 돌리거나 뜨개질을 하고 있으면 본래의 나로 돌아가는 기분이 들었다. 수예 견본책에 있던 작품을 흉내 내고 있었지만, 할 일이 없었던 쉬는 시간에 비교하면 방과 후의 나는 매우 생산적이었다.

집에 돌아와서는 피아노를 두세 시간 연습했고(중학교 때의 나는 음대에 진학하고 싶다는 희망을 가지고 있었다), 저녁 식사를 마치고 나서는 학교 공부는 적당히 하고 음악을 들으며 밤늦게까지 책을 읽었다. 가족 모두가 잠든 고요한 시간이면 거실로 내려가 아침에 신문에서 체크해 둔 옛날 영화를 보는 습관도 생겼다.

'어른의 문화'를 접하기 시작하면서 내 안으로 다양한 것들이 밀려들면서 고이기 시작했다. 어쩌면 그 세계에는 근사한 것들이 더 많은지도 모른다. 하지만 이러한 생각을 나눌 수 있는 사람이 내 주위에는 없었다.

나는 '나라는 생명'이 되기 위한 고치를 만들고 있었는지도 모른다. 얇은 껍질을 뚫고 나올 듯한 알맹이를 지키기 위해 조용한 장소에 홀로 있었다. 번데기의 영양분이 되는 '세계'를 우걱우걱 먹어 치우면서.

나만의 세계가 날로 커지고 충실해져 가는 동시에 학교에 머무는 괴로움은 점점 견디기 어려워졌다. 어느 날 조퇴를 해야겠다고 생각했다. 핑곗거리로 삼은 것이 '두통'이었는지 '복통'이었는지 기억나진 않는다. 하지만 조퇴하고 싶다는 신청서를 내자 담임 선생님은 두 말없이 "그래? 집에 가서 쉬어"라고 말해주었다. 집에 돌아와 할아버지, 할머니와 마주쳤다. "마리짱, 오늘 일 찍 왔구나."

부모님은 일 때문에 저녁까지 집에 없었고, 어차피 조퇴했다는 사실을 보고할 생각도 없었다. 주방에서 커 피를 내려 내 방에 돌아오자 가슴 저 밑바닥에서 안도 감과 해방감이 차올랐다. 다음 '조퇴'는 정확히 2주 뒤 였다.

선생님은 '또?'라는 표정이었지만, 예상대로 단번에 보내주었다.

그것이 세 번, 네 번에 이르자 간격은 점차 좁혀져 갔 다. 담임 선생님도 그다지 좋은 얼굴을 하지 않게 되었 다. 하지만 나의 습관적인 조퇴는 계속 빨라져서 어느 날은 오전에 조퇴하려고 마음을 먹었다. 그런데 갑자기 '의무교육'이라는 단어가 떠올랐다. 법에 저촉되는 짓 이 아닌지 두려웠다. 사전을 뒤지니 어린이가 교육을 받는 것이 의무는 아니었다. 그것은 권리였다. 의무를 부담하는 쪽은 어른이었고, 아이에게 교육을 받게 할

의무라는 것이었다.

선생님이 꺼리는 것도 무리는 아니었다.

나는 선생님의 직업이자 의무인 법률에 저항하고 있었기 때문이었다. 하지만 절실하다는 면에서 나도 할 말이 있었다. 내가 학교에 가야 한다는 괴로움에 비해 선생님이 나에게 교육을 시키지 못하는 괴로움은 애초에 비교 대상이 되지 못했다.

그건 그렇고, 교육이란 무엇일까.

큰 틀에서 본다면 '공부'라는 의미일 것이다.

진로 상담은 항상 '제대로 공부하지 않으면 좋은 학교에 갈 수 없고, 좋은 직업도 가질 수 없다'는 내용이다. 즉 입학시험이나 입사시험을 위해 필요한 것이 공부라는 것이다. 그것도 어찌 보면 맞는 말이다. 나는 '다음 차례'로 진급하는 것에 절망했을 뿐 시험공부는 힘들게 하지 않을 자신이 있었다. 하지만 나는 공부를 할 때마다 조금 다른 개인적인 의미를 찾고 싶어졌다. 사실 답은 이미 어렴풋이 알고 있었다.

그것은 내가 맛보기 시작한 '좋은 것들', 즉 책이나 음악, 영화를 조금 더 확실하게 이해하기 위한 공부였다. 국어라면 문학작품을 읽고 이해하거나 문장을 쓰는 것이 공부이고, 음악이라면 연주를 하거나 감상하는 것이 공부였다. 단순히 시험만을 위한 도구로 삼기보다 일생을 두고 계속될 무언가를 찾아가는 것이 낫지 않을까. 그렇다면 집에서도 할 수 있다. 책을 읽고 음악을 듣고 영화를 많이 보자(영화에는 국어도 음악도, 때로는 영어도 있지 않은가).

그렇게 결심하자 조퇴를 할 때도 '오늘은 이미 충분히 견뎠으니 여기까지'라는 생각에 당당해졌다. 선생님은 나의 태도가 달라졌다고 느꼈는지 "안 돼"라고 말했다.

"어, 배가 아파요. 정말이에요."

"안 돼. 큰 병이 아니니 수업 들어."

어느 날 담임 선생님과 이런 대화가 오가는데 누군가 옆에서 말했다.

"마리코는 집에 가서 커피를 마시면 상태가 좋아지나 봐. 보내주는 것이 낫지 않을까?"

국어 담당인 단고 선생님이었다.

40대 중반으로 보이는 여선생님으로, 예전에 내게 말을 건넨 적이 있었다.

"수업 중에도 맨날 멍하니 창밖을 보고 있네. 내 수업이 그렇게 재미없니?"

"아뇨. 그렇지 않아요."

"국어 좋아해?"

"네, 좋아해요."

실제로 단고 선생님의 수업은 다른 어떤 선생님의 수업보다 재미있었다.

내가 지루해 보였다면 그것은 선생님의 잘못이 아니라 나의 '빨리 집에 가고 싶은 병'이 악화된 탓이었다. 어쨌든 단고 선생님이 나서 주어서 나는 집으로 가도 좋다는 허락을 받았다.

담임 선생님도 아마 알고 있었을 것이다. 내가 그만큼 심한 상태라는 것과 조퇴를 시켜주어도 특별히 문제를 일으키지 않으리란 사실을. 다만 다른 선생님들 앞에서 반복되는 조퇴를 간단히 허락할 수만은 없었으리라. 그 후로도 조퇴를 하려고 교무실에 가면 단고 선생님이 계속 구원의 손길을 뻗어 주었다.

어느 날 단고 선생님이 비상구에 웅크리고 있던 나를 발견했다.

"이런 데서 뭐 하는 거니?"

"개미를 보고 있어요."

"음……. 마리코는 책을 많이 읽지?"

"네."

"요즘 뭐 읽고 있어?"

"저어…… 이나가키 타루호의 『1천 1초 이야기』를 반복해서 읽고 있어요."

"오, 좋네. 내가 가지고 있는 전집 중에 분명 그 작가의 작품이 있었으니 다음에 갖다줄게. 그 책 외에도 좋은 것이 많거든."

"정말요?"

나는 감사의 인사를 전하며 '있을 수 없는' 마법의 대화를 나눈 기분에 휩싸였다. '이나가키 타루호'로 통하는 사람이 이렇게 가까운 곳에 있었다니. 다음 날 선생님은 정말 일본문학전집 중에 이나가키 타루호의 작품을 골라 와서 나에게 건네주었다.

　집에 돌아와 읽어보니 그의 작품은『1천 1초 이야기』
이외에는 대부분 난해해서 내게는 벅찼다. '이게 뭐야?'
라는 것이 솔직한 감상이었다. 하지만 아무래도 좋았
다. 누군가와 책에 관해 이야기를 나눴고, 더욱이 이나
가키 타루호였다는 것만으로도 이미 충분히 행복했다.
　이제부터는 '나만의 세상'에 몰두해도 그곳에 특별한
친구가 있어 나를 기다리고 있을지도 모른다는 생각이
들었다. 그리고 그건 분명 단고 선생님 같은 사람이 아
닐까 하는 예감이었다.

우사로 씨

우사로는 낡은 토끼 인형이다.

옅은 회색이라 하기에도, 베이지색이라 하기에도 모호한 얼룩덜룩한 모피 원단에, 안에는 잘게 부순 나무 조각으로 채워져 있다. 사람처럼 '직립' 자세가 아니라 보통의 토끼처럼 엎드려 있는 모양이고, 코끝에서 꼬리까지의 길이는 20센티 정도였다. 전체적으로 땅딸막하고 둥글지만, 귀는 좁고 길게 초밥의 회처럼 등 위에 얹혀 있고 끝부분이 엉덩이에 닿았다. 좌우로 넓게 자리 잡은 유리로 만든 둥근 눈은 한가운데가 검게 채색되어 겁먹은 표정으로 속이 텅 비어 있었다. 그 밑에 빛바랜 주홍색의 털실로 대충 'X'자 수를 놓은 것은 코와 입을 한꺼번에 표현하려는 것으로 보였다. 귀의 뒷면과 배에도 모피 원단과 똑같은 색조의 '벨벳'을 사용한 것을 보면 잘 만든 장난감이라는 것을 느끼게 했다.

다만, 배에는 벨벳 표면의 털이 완전히 닳아서 원단

바탕이 간신히 남아 있을 뿐이었다. 귀 다음으로 잡기
에 알맞은 머리와 앞발도 털이 빠져 엉성해져 있었다.
옛 주인인 아이가 토끼의 귀를 잡아 바닥에 대고 끌고
다니지 않았을까 상상해 보았다. 우레탄이나 화학섬유
솜으로 가득 찬 요즘의 봉제 인형과는 달리, 전체적으
로 단단한 덕분에 확실한 모양새를 유지하고 있는 점
은 다행스러웠다. 배에는 동전 크기만 한 움푹 들어간
곳이 있었다. 쓱쓱 거리는 건조한 마찰음과 함께 스프
링이 들어있는 느낌도 들었다. 소리가 나는 장치 같아
보여서 아마 예전에는 "삐-"라거나 "붕-"이라는 뭔가
괴상한 소리가 났을 것 같았다.

원래는 순백의 복슬복슬한 털이 수북했겠지만 나도,
그리고 지금 살아있는 그 누구도 처음의 모습을 알지
못한다. 우사로의 '목소리'를 들은 사람도 이제 없을 것
이다. 우사로는 대단한 노인인 것 같았다. 1910년 무렵
에 태어났다고 골동품점의 여성이 가르쳐 주었다. 구입
한 곳은 영국이지만 만들어진 곳은 일본이거든요. 여기
에, 라며 우사로의 앞발에 붙은 작은 태그를 가리켰다.

"MADE IN JAPAN이라고 적혀 있어요. 당시 일본에

서는 수출용으로 이런 봉제 인형을 만들었죠."

　사실대로 말하면, 나는 우사로를 본 순간부터 우리 집으로 데려가야겠다고 생각했다.

　한눈에 반한 이유는 무엇일까. 우선 '분위기'가 마음에 들었다. 다른 인형과는 확실히 다른 무언가를 느꼈다. 분명 그랬다.

　하지만 그것만으로는 낡은 인형을 맹목적으로 갖겠다고 다짐한 근본적인 이유는 되지 못한다. 내가 '딱 이런 인형을 가지고 싶었다'라고 한다면 지나친 우연일까. 그때 스물여덟 살이었으니 내가 봉제 인형을 가지고 놀 나이도 아니었고, 대화 상대를 구한 것도 아니었다. 단지, 잠깐 보았을 때 그저 마음을 쉬게 해줄 '신령한 물건', 즉 일상생활에서 도망칠 곳을 구하고 있었기 때문이었다.

　일을 그만두고 남편이 퇴근할 때까지 아파트 한 칸에서 어린 아들과 단둘이 보내는 날들이 계속되었다.

　순진무구한 아가의 요구를 끝없이 들어주던 행복을 처음으로 알았지만 대신 나만의 세계, 나와 함께 자라

온 내 안의 아이가 무시되고 약해져 가는 기분이었다. 하지만 그 생활은 나와 가족이 선택한 것이었고, '지쳤다'는 말은 왠지 가족을 배신하는 기분이 들어 아무 말도 하지 못했다.

사 버리자.

그렇게 결심하니 '오래된 무언가'를 살 때 언제나 그랬던 것처럼 그것이 얼마인지 따지지도 않았다. 들뜬 마음으로 판매 여성이 말하는 것을 듣고만 있었다. '너무 비싸서 못 사면 어쩌지?'

결혼할 때 외할머니가 주신 돈을 정기예금으로 간직하고 있었다. 그런 예금을 깨야 할까도 생각했다. 그러나 말이 잠깐 끊어졌을 때 용기를 내어 "가격은 얼마죠?"라고 물어보자 순간 직원은 나의 눈치를 살피면서 "9,000엔인데요"라고 말했다. '아, 그 정도면 살 수 있겠다.' 나의 한 달 용돈을 지불하고 1,000엔을 거스름돈으로 받았다.

당시 살고 있던 아파트에서 10분 정도의 거리인 이다바시역 앞에서 열리고 있던 골동품 박람회에서 아들을 데리고 산책 중이었다. 유모차에 앉아 있는 아들에게 "엄마 이거 샀다"고 보여주자 작은 손을 뻗어 잡으려고 했다. 하지만 겨우 한 살이었던 아들에게 그것은 '장난감'으로 어울리지 않았다.

'지금 아이에게 이걸 주면 일단 입으로 가져가서 빨겠지. 그건 모두에게 좋지 않아. 아이는 털투성이가 될 것이고, 인형은 털이 다 뽑히고 말 거야. 그러니까 이건 엄마 거야. 하지만 세이짱(아들)이 조금 더 커서 가지고 놀고 싶어지면 빌려줄게.'

집에 돌아와 토끼를 뒤집어 이리저리 살펴보니 수선해야 할 곳곳이 발견되었다. 반짇고리를 꺼내 풀어진 입 모양의 자수를 수선하고, 천이 뜯어져 나무 조각이 삐져나온 꼬리를 꿰맸다. 90년 전에 태어나 점점 너덜너덜해지던 인형에게 '생기'가 돌아온 것 같았다.

'자, 됐다.'

한 손으로 가슴 가운데를 안고 다른 손으로 벗겨진 머리와 귀를 쓰다듬어 주었다.

오랫동안 기다려온 나만의 인형이었다.

인형에게 '우사로(우사기는 토끼라는 뜻의 일본어-옮긴이) 할아버지'라는 이름을 붙여 주었다.

뻔한 이름을 붙여야 시간이 흘러도 어색하지 않겠다는 나름의 분석이 더해져 만든 이름이었다. 우사로는 거실 바닥, 재봉틀 위, 의자 위와 같이 정해진 곳 없이 집안 어딘가에 있게 되었다.

2, 3년이 지나 아들이 많은 장난감에 파묻혀 있을 무렵에는 그들 중에 섞여 있었지만, '이것만은 나의 것'이라는 기분은 변함이 없었다. 어차피 아들은 '우사로'를 별로 가지고 놀지 않았다. 유아였던 아들은 한결같이 '타는 것'에 몰두해서 우사로는 가끔 트럭이나 기차의 '승객'으로 쓰일 뿐이었다.

이윽고 아들이 커서 장난감을 가지고 놀지 않게 되자 우사로는 온전한 나의 것이 되어 현관 신발장 위에 자리를 잡았다. 계절꽃을 조금 꽂아둔 옆에 우사로를 놓자 옅은 색의 작은 몸에 빛이 모여들어 어두컴컴한 현관이 조금 밝아졌다.

우사로가 나를 도와준 일이 있었다.

아들이 중학교 3학년생이 되면서 왠지 모르게 우울한 표정을 짓고 다니는 일이 많은 시기였다. 그는 한마디로 '착한 아이'였고 공부도 잘했지만, 자신의 방식대로 일을 처리하는 완고함이 있어서 주위로부터 뭔가 지시받는 것을 슬며시 거부하는 면이 있었다.

내가 이따금 "뭔가 힘든 일 있으면 얘기하렴" 정도의 말은 할 수 있었지만, 아들은 "알았어"라고 항상 짧게 얘기할 뿐이었다. 나의 중학생 시절을 생각하니 그 이상 간섭하는 것이 망설여졌다.

이런저런 일이 있겠지.

하지만 엄마가 간섭하면 싫을 거야.

어느 날 아침, 현관에서 배웅하며 뭔가 힘이 날 듯한 말을 하고 싶었지만 무슨 말을 해도 공허한 것 같아 할 말을 찾지 못했다. 문득 신발장 위에 있는 진지한 얼굴의 토끼를 발견하고 왼손에 올려놓았다. 그러자 바통을 받은 듯 전기가 통한 것처럼 우사로가 제멋대로 움직이기 시작했다.

"이 녀서억억!"

 걸걸하고 우렁찬 목소리로 토끼 할아버지가 외쳤다.
몸을 작게 떠는 것은 어쩌면 나이가 들어서 심신이 쇠
약해진 탓일 것이다. 아들은 무슨 일인가 싶어 나와 우
사로를 번갈아 쳐다보았다.

 "왜 그래?"

 "요 녀석아!"

 아들의 의구심을 잘라내듯 우사로는 다시 소리쳤다.

 "너는…… 잘하고 있다구!"

 "뭐, 그렇지."

 "알면 됐어. 잘 다녀와."

 우사로는 차분함을 되찾고 원래 있었던 자리로 돌아
가 아들을 향해 앞발을 흔들었다.

 이날 시작된 '우사로 할아버지의 배웅'은 각종 기술
을 터득해 보이면서 일 년 가까이 계속되었고, 아들이
착실한 중학교 생활을 보내기 시작하자 점차로 조용해
졌다.

 엄마인 나는 매일 아들 주변을 맴돌며 간신히 인사말
을 건네는 정도여서 나아진 것이 없었다. 대담하게 아

들을 자극할 수 없었다.

　가장 가까운 가족이 때로 '도움이 되지 않는' 경우가 있다고 생각했다. 하지만 어떻게든 힘을 냈으면 좋겠다는 마음이었다. 그런 기분을 자연스럽게 표현할 수 없었을 때, 우사로라는 특별한 인격을 빌려서 다른 물길을 열어 말을 꺼냈다. 아들에게 어떤 효과가 있었는지는 알 수 없었지만, 우사로 덕분에 내가 비교적 쾌활한 엄마가 된 것만은 확실했다.

　지금 우사로는 나의 책장에 놓여 있다.

　수년 전에 에든버러에 갔을 때 사 온 고슴도치 인형과 함께.

　고슴도치는 신기하게도 모양과 크기가 우사로와 잘 어울려서 나란히 있으니 커플처럼 보였다. "세이지. 이 고슴도치, 우사로의 부인이 되었어"라고 말하자 곧 스무 살이 되는 아들은 "우와, 그렇구나. 잘됐네"라며 맞장구를 쳐 주었다. 엄마 안에 숨어있던 아이를 발견하고 고지식한 아들은 약간 놀라운 표정을 지었다.

캠핑

초등학생 때는 여름방학이면 가족과 늘 캠핑을 떠났다.

남북으로 긴 니가타현을 아빠의 마크Ⅱ를 타고 북쪽 끝에서부터 남하해 묘코 고원이나 오제, 나스 고원 등의 캠핑장에 들렀다. 새벽 4시에 집을 나와 해가 뜨는 것을 보면서 끝없이 이어진 논길을 달렸다. 산길에 접어들었을 무렵에는 첫 휴식으로 차를 갓길에 세워두고 라디오 체조를 했다.

점심 무렵에는 목적지에 도착할 수 있도록 항상 계획을 세워 움직였다.

캠핑장에 도착하면 접수처에서 우리들의 자리를 확보한 뒤 텐트를 빌렸다. 빌린 텐트는 무거운 캔버스지로, 어른들이 커다란 헝겊 덩어리와 씨름하면서 조립해 가는 것을 동생과 나는 조바심을 내며 지켜보았다. 짐을 실어와 텐트 입구의 지퍼를 열고 카트에서 이불을 내려서 쌓았다. 그랬다. 침낭을 빌릴 수 있다는 것을 몰랐는지 여름 이불을 트렁크에 싣고 캠핑장에 온 것이었다. 차 안에는 냄비와 식재료도 있었다. 함께 잘라 먹으려고 밭에서 딴 수박도 통째로 가지고 왔다.

해안선 주변 간척지에 사는 우리는 해발고도가 높은 곳에 대한 동경이 있었다.

산에 왔다는 사실만으로도 들뜨기 시작했다.

황금색 빛줄기 속에 산 아래보다 2, 3주 빨리 잠자리가 무리를 지어 날고 있었다. 동생은 여행길의 친구가 되어줄 자벌레를 찾아서 주변의 나무를 하나씩 살피다가 그것을 발견하면 손바닥에 올려놓고 좋아했다. 싫증이 나면 벌레를 나에게도 빌려주었다. 여름방학이어도 숙제와 수영 수업이 있었지만, 우리를 옭아매던 학교는 이제 저 멀리 사라졌다.

성실한 어른들은 아이들 이상으로 해방감을 맛보았으리라.

일 년에 한 번 어쩌다 하는 여행이어서 야외 놀이에 익숙해지지 못했다. 랜턴을 밝히는 것도, 음식을 만드는 것도 서툴렀지만 이마저도 모두 즐거운 경험이었다. 늘

바쁜 어른들과 아이들이 함께 하는 이 소꿉놀이 같은 야
외 놀이는 얼마나 호사스러운 일인지, 일상생활 속에서
벗어나 멀리 떠나지 않으면 느낄 수 없는 것이었다.

　신기한 캠핑의 추억이 있다.

　내가 초등학교 4학년, 동생은 3학년이었다. 그해 여름
은 나스 고원의 캠핑장에 텐트를 칠 예정으로 차에는
부모님, 나, 동생, 외할머니가 탔다. 목적지는 예상보다
멀어서 점심으로 싸 가지고 간 주먹밥은 캠핑장이 아
닌 차 안에서 먹었다. 표지판에 나스라는 지명이 겨우
보이기 시작하자 도로 가까이 온천이 있는 숙박시설을
발견해 일단 여기에서 하루를 보내기로 했다. 하지만
빈방이 없어서 하는 수 없이 시설 내에 있는 식당에서
저녁 식사를 했다. 온천에서 느긋하게 목욕까지 하고
개운한 마음으로 다시 차에 올랐을 때는 해가 저문 뒤
였다.

　너무 늦어졌다면서 지도와 간판을 의지해(아직 내비게
이션이 없던 시절이었다) 산길을 오르자 어느덧 주변이 어
두워졌고 짙은 안개가 끼기 시작했다. 새하얀 구름이

도로에 몰려들어 순식간에 표지판은커녕 전방 5미터 앞도 보이지 않았다. 우리가 있는 장소와 캠프장의 거리도 가늠하기 힘들었다.

커브가 많은 길을 꾸불꾸불 서행하면서 올랐더니 '전망대 주차장'이라는 간판이 나타났다. 길은 물론 다른 차들도 보이지 않아 그 이상 운전을 계속했다간 너무 위험하니 주차장에서 밤을 새우자고 의견을 모았다. 간판의 지시대로 왼쪽으로 들어가서 보니 주차장은 생각보다 넓었다. 짙은 안개도 조금은 옅어지고 있어 먼저 와있던 30대 정도의 자동차가 드문드문 주차해 있는 것이 보였다. 공간이 넓어서 우리는 적당한 곳에 차를 세웠다. 이런 곳에서 잔다니, 하지만 어쩔 수 없잖아, 오늘은 그냥 잘 수밖에 없어. 모두 한마디씩 하고 결국 전조등을 껐다.

눈을 떠보니 한밤중이었다.

분명 무슨 소리가 들렸다.

엔진 소리, 나팔 소리, 빠라빠라빠라빠.

정신을 차리고 들어보니 다수의 젊은 남녀가 웃으며 떠들어대고 있었다. 폭주족이었다. 그것도 꽤 큰 무리인 것 같았다. 이윽고 그중 몇 명이 주차된 차를 한 대씩 들여다보며 순찰을 시작했다.

어느새 차 안에 있던 우리는 모두 일어나 불을 켜지도 않고 수군수군 대화를 나눴다. 괜찮아. 우리는 가족끼리 왔으니 자는 척하면 저들이 상관하지 않을 거야. 자칭 '좀 놀아봤다는' 아빠가 말했다.

나는 어둠 속에서 눈을 질끈 감았다.

폭주족이라니, 우리한테 나쁜 짓을 하지 않을까? 모르겠다.

그럴 수도 있고, 아닐 수도 있다.

확실한 것은 이런 산속 주차장에선 어떤 일이 벌어져도 도움을 청할 수 없다는 사실이었다. 폭주족이 오는지 살피기 위해 어둠 속에서 숨을 죽이고 있던 순간, 동생이 말했다.

"똥 마려워."

뭐?

나는 반사적으로 자세를 바꿨다. 왜 이럴 때 그런 소리 하는 거야, 시짱.

하지만 어른들은 까르르 웃었다.

"시호는 무서우면 배가 아프다니까."

아빠가 말했다.

곧바로 다케 할머니가 대답했다.

"할머니랑 같이 가자."

"근데 화장실 너무 멀어."

동생이 걱정했다.

"근처에서 누면 되지."

"만약 폭주족이 오면 어떻게 해?"

"그러면 이 할머니가 빠빠(니가타 방언으로 똥이라는 뜻)를 던질 거야."

다케 할머니는 지극히 당연하다는 듯 내뱉었다.

"어떻게?"

"이 신문지에 싸서."

할머니는 아빠의 경마신문을 들어 보이며 말했다.

'우와. 할머니 대단해요.'

어둠 속에서 모두의 존경심이 할머니에게 쏠렸다. 집을 나서서 지금까지 차 안에서 조용히 앉아 있던 할머니가 단숨에 조커로 변하는 순간이었다.

작전대로 할머니는 동생을 데리고 살며시 밖으로 나갔다. 우리는 두 사람이 잰걸음으로 주차장 끝을 향하는 것을 보면서 소리 죽여 몸을 꼬며 웃었다. 3분 정도 뒤에 돌아온 두 사람은 차에 타자마자 들뜬 목소리로 폭주족에게 들키지 않고 무사히 미션에 성공한 과정을 보고했지만, 남은 조원들은 '빠빠 던지기'가 불발된 것을 아쉬워했다.

할머니와 동생의 모험을 지켜본 나는 '폭주족 무리와 야밤에 산속에 있다'는 상황 자체까지 해결되어 버린 기분이 들어 곧바로 푹 잠들어 버렸다. 그들이 언제 떠났는지도 모르고 자다가 눈을 떠보니 날이 밝아 있었다.

이것이 '신기한 캠핑'의 추억이다.

이 글을 쓰면서 동생에게 메일로 기억의 조각을 맞춰보려 하다가 이런 답변을 들었다.

"호텔에서 저녁으로 카레를 먹고 배탈이 났던 것 같아"라고.

그녀는 자기가 먹은 음식을 잘 기억해 내곤 했는데, 이번에도 그랬다.

여름이 되면 '아, 캠핑 가고 싶다'라고 생각한다.

생각은 하지만 늘 실행에 옮기지 못한 채 가을을 맞이한다. 부모님은 나이를 먹었고, 남편은 캠핑을 그다지 좋아하지 않으며, 아이는 이제 친구들과 여행을 다닌다.

일이 끝나면 혼자서라도 가볼까.

동생과 긴자

요즘 몇 년간 동생과 만나는 것은 대개 긴자에서다. 미쓰코시 백화점 지하 2층에서 만나 반찬 가게 옆에 있는 작은 초밥집을 찾는다. 매장 앞의 발을 헤치고 들어가서 '초밥 세트'를 두 개 주문하고 카운터 자리에 앉는다. 주방장인 남자가 초밥을 작게 쥐어서 우리 앞에 리듬을 타며 놓는다.

각각 손을 뻗어 입에 넣고 음미한 후 차를 마시며 틈틈이 그날 가고 싶은 가게나 사고 싶은 것을 꼽는다.

사람들 앞에 나설 일이나 여행이 잦은 동생은 제대로 차려입을 필요가 있었다. 그것을 위한 쇼핑 장소로 긴자가 안성맞춤이었고, 언니인 나는 그 동행으로서 호출되기 일쑤였다. 그것이 우리의 나들이었다.

전부 열 개의 초밥이 차례로 나오고, 사라진다. 동생은 가끔 미간을 모으고 입가에 손을 댄 채 "맛있다"라고 중얼거린다. 정말 맛이 있는 것이다.

동생은 그런 점에서 거짓을 말하지 않는다.

지상으로 올라가면 교차로가 나온다.

우리가 가려는 상점은 도보로 5, 6분이면 도착할 수 있는 곳이다.

긴자 교차로를 건너면 머릿속에 대강의 동선이 그려진다. 구찌, 샤넬, 에르메스, 민속공예점인 다쿠미, 크리스챤 루부탱. 이들 가게에 들어가 살 때도 있고 사지 않을 때도 있다.

"긴자는 마음에 들어. 차분하거든."

동생이 걸으면서 말한다.

"응."

"시부야나 신주쿠만큼 사람이 많지 않아서 걷기에도 좋고, 점원들도 서비스가 아주 확실하고."

동생은 혼자 옷가게에 가면 긴장이 된다면서 나를 데리고 가지만, 막상 가게에 가면 전혀 겁을 내지 않는다. 점원과 자신 사이의 분위기를 읽어가며 요구를 하나씩 차분히 전달한다. 나는 동생이 옷을 입어 보는 모습을 지켜보면서 어울린다거나 어울리지 않는다는 솔직한 감상을 말할 뿐이다.

목이 마르니 이제 좀 쉴까, 하는 말을 어느 쪽이든 편하게 꺼낸다.

휴대폰 지도를 보면서 중앙의 큰길에서 한 구역 떨어진 골목에 있는 도버 스트리트 마켓에 도착한다. 꼼데가르송이나 메종 마르지엘라에 들렀다가 에스컬레이터를 타고 7층으로 올라가 로즈 베이커리에서 음료를 주문한다. 동생은 아이스티, 나는 오렌지와 그레이프후르츠 주스. 음식점에서 나오는 음료의 양이 동생에게는 너무 많은지 이번에도 반은 남겼다.

걷느라 녹초가 된 나의 몸에 갓 짜낸 미지근한 감귤이 서서히 들어오니 어느 때보다 맛있게 느껴진다. 나는 젖병을 안은 아기처럼 정신없이 마셨다.

음료를 다 마시면 지체하지 않고 밖으로 나가 나머지 가게를 둘러본다. 바니스 뉴욕, 마쓰야 식기 매장.

그 시점이 되면 동생의 양손에는 많은 종이가방이 매달려 있다.

아무리 봐도 너무 무거워 보여서 "몇 개 들어 줄게"

라고 하지만 동생은 "괜찮아, 괜찮아" 하면서 가방을 나눠주지 않는다.

돌고 돌아서 다시 처음의 교차로에 도착한다.

석양빛을 받은 동생의 윤기 나는 단발머리를 바라보며 '시짱이다'라고 생각한다. 우리가 자란 마을의 큰길 교차로가 그 옆 모습에 스치듯이 떠오른다. 지금은 공터가 되어버렸지만, 예전에는 농협과 채소가게가 있던 교차로다. 아마 긴자보다 그 마을의 초등학교 구역이 더 넓었으리라. 마을의 이름은 '스이지'였다. 긴자의 근처 지역과 한자는 같지만 읽는 법은 다르다.

이 따가운 햇볕은 늘 같은 햇볕이다.

그러니까 특별할 것도 없다.

우리는 다시 미쓰코시 백화점의 지하 2층으로 내려가서 "또 봐"라며 인사하고 헤어진다. 헤어진 지 10분 후에 매장 내 같은 케이크 가게에서 마주치고 웃음을 짓는다. 그리고 이번에는 작별인사도 하지 않고 제각기 떠나는 것이다.

요소 할아버지

친할머니는 80대 중반 나이에 돌아가셨다.

골든위크(4월말에서 5월초에 걸친 일본의 황금연휴 - 옮긴이)

때 갑자기 쓰러져서 의식을 찾지 못하고 반년을 입원

했다가 가을에 떠나고 말았으니, '천수를 다한 죽음'이

아닐까 생각한다.

돌아가시기 2, 3년 전부터 걷는 것이 힘들어지고 건

망증이 심해졌다. 원래 쾌활한 성격이었지만 늙음이 가

져오는 불편함에 "슬슬 먼저 간 이들이 데리러 와주었

으면 좋겠는데"라고 투덜대는 일이 많아졌다.

'먼저 간' 사람들은 부모와 열 명의 형제자매를 말했

는데, 그 당시 이미 그들 대부분이 하늘나라로 떠난 상

태였다.

그리고 마치 소원을 들어주기라도 하듯 얼마 지나지

않아 할머니는 하늘로 불려갔다.

그 후로 10년 정도 지나 고향에 내려갔을 때의 일이다.

저녁 식사를 하다가 이미 100세에 가까운 할아버지에게 '미사호 할머니'와의 결혼에 관해 물어보자 예상했던 것보다 훨씬 확실한 대답이 돌아왔다. 마른 공기가 많이 들어간 빠른 니가타 사투리로, 80년 전의 자신을 떠올린 것인지 멋쩍게 웃으며 이렇게 가르쳐주었다.

"내가 농업학교에 다닐 때 네 할머니는 근처의 여학교 학생이었지. 어느 날, 여학교에서 농구 시합이 있다고 해서 보러 갔드니만 눈에 띄는 여학생이 있는 거야. 그게 바로 네 할머니였지."

"어떤 점이 눈에 띄었는데요?"

내가 끼어들자 할아버지는 기억 저 밑바닥을 휘젓듯 순간 입을 다물고 "스타일이 좋았지"라고 단호하게 대답했다. 그것은 마치 승리 선언처럼 울렸고, 식탁에 있던 모두가 환호했다.

누가 봐도 미사호 할머니는 땅딸막한 체격이었다.

그런 자신의 모습을 의식했는지 이따금 "여배우인 OOO는 외모는 별로지만 연기가 좋아서 더 대단하게 보이지"라고 확인하듯 중얼거렸다. 그녀의 말끝에서 그 의미를 알아차릴 수 있었다.

하지만 미사호 할머니의 곁에서 긴 시간 함께 살아온 나는 할머니가 세상이 말하는 미의 기준에 못 미치는 사람이어도 그 동그란 모습이 좋았다. 그래서 남들이 쏟아내는 쓸데없는 말에 상처받지 않기를 바랐다. 요소 할아버지는 나와는 또 다른 눈으로 미사호 할머니를 바라보았다고 생각한다. 진심으로 아내를 아름다운 사람이라고 믿었던 것은 아닐까.

요소 할아버지는 말을 이었다.

"할머니와는 중매로 결혼을 한 게 아니야. 언젠가 해를 넘길 무렵에, 당시 마을에서 의원을 하고 있던 할머니의 부친이 '설날에 미사호의 혼처를 정하겠다. 가장 먼저 오는 남자에게 보내겠다'고 했다는 말을 들었지. 그래서 새해 첫날 해가 뜨기도 전에 집을 나서서 산까지 걸어서 갔어. 내가 제일 먼저 가서 할머니를 얻었지."

바다에 가까운 요소 할아버지의 집에서 산속에 있는 할머니의 집까지는 넓은 논을 사이에 두고 있어서 어림잡아도 7, 8킬로는 되었다. 당시 니가타는 지금과는 비교할 수 없을 정도로 눈이 많이 왔고, 길도 포장이 되지 않았을 것이다. 스무 살 남짓한 마른 체구의 할아버지는 밤새 쌓인 새하얀 눈 위에 미사호 씨의 얼굴을 그리며, 바다로부터 몰아치는 눈보라를 뚫고 산을 향해 발걸음을 재촉했을 것이다(이런 묘사는 나의 상상이지만, 틀리진 않을 것 같다).

나에게는 남자가 그런 걸 해준 적이 없다.

흠흠.

그런 요소 할아버지도 작년 정월에 하늘나라로 떠났다. 분명 지금쯤 미사호 할머니와 함께 행복한 시간을 보내고 있으리라. 두 사람 모두 젊은 모습으로 돌아가 좋아하던 드라이브라도 즐기고 있지 않을까.

헤비코 씨 (P20 「손목시계」)

젊은 아빠와 나 (P39 「아빠」)

우사긴 (P62 「마법사 놀이」)

독일 비스크 인형 (P82 「인형 놀이」)

우사로 (P120 「우사로 씨」)

'나가쓰 자매의 가게'의 안내 엽서 (P27「손뜨개 소품」)

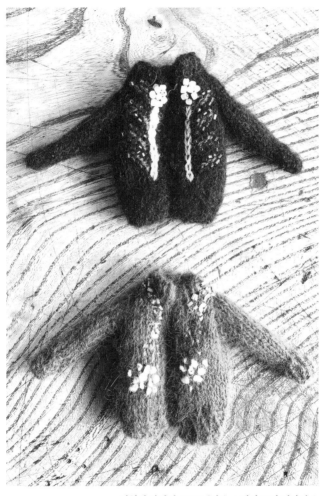

인형의 카디건 (P255 「작은 스웨터 뜨개 이야기」)

Sasha Luneva의 인형 작품(커버 사진)

스물셋

1

대학을 졸업하고 4월부터 중고 옷가게에서 일하기 시작했다.

아르바이트로 근무하는 것이어서 흔히들 말하는 프리터가 된 셈이다. 헌옷을 좋아한다는 이유로 선택한 곳이었지만, 내가 그 일에 적합하지 않다는 것은 비교적 금방 알 수 있었다. 이케부쿠로의 선샤인 빌딩 지하에 있는 그 작은 가게는 평일에는 손님이 거의 없었다. 나를 포함해 서너 명의 점원이 같은 간격으로 서서 손님을 기다렸다. 그럴 때면 진열대의 옷을 개면서 정리했다. 누군가 만져서 흐트러져 있기 때문이 아니라, 원래 차곡차곡 쌓아둔 옷을 다시 개는 것이다.

가까이에 있는 셔츠나 아무것이라도 한 장씩 휙 펼쳐서 한쪽 다리를 살짝 들어 무릎을 받침대 삼아 개어서 있던 자리에 갖다 두었다. 그걸 3분 정도 간격으로 반복했다. 그렇게 하는 이유를 동료에게 물었더니 당연하다는 듯 대답했다. "그냥 멍하니 서서 앞을 보고 있으면 손님이 들어오기 어렵잖아."

이것은 수행이다, 라고 생각했다. 무료하고 무의미하게 느껴졌다. 하지만 옷을 개고 또 개는 일을 반복하다 보니 선 채로 옷을 개는 기술이 늘어갔다. 덕분에 지금도 빨래를 걷으면서 착착 개어 쌓을 수 있다. 그럴 때마다 중고 옷가게에서 일하던 시절이 떠오른다.

주말에는 비교적 손님이 북적였지만, 그마저도 내게는 고역이었다. 손님에게 옷을 권해서 사게 만들어야 했다. 옷을 보고 있을 때 옆으로 다가가 말을 걸고, 손님에게 옷의 장점을 들려주며 피팅룸으로 안내한다. 접객에 능숙한 사람은 자연스럽게 할 수 있지만, 나는 그런 유연성이 모자란 사람이었다.

무언가 말하려고 하면 어색했다. 거울 앞에서 옷을 대고 이리저리 살펴보는 손님에게 다가가서 "잘 어울리시네요"라고 말하면 뭔가 가식적으로 느껴졌다. '잘 어울리시네요'를 말해야 한다고 너무 의식하기 때문이란 건 알고 있었지만, 어쩔 수가 없었다.

당시의 나는 '나'라는 밧줄에 마음이 단단히 묶여 있어서 나와 상대와의 거리를 측량하지 못했고, 자연스럽게 행동하자고 결심할수록 더욱 굳어버렸다. 그런 까닭에, 손님이 고른 옷이 정말 어울리든 안 어울리든 손님을 대하는 어색함은 마찬가지였다. 손님도 당황한 듯이 나가 버렸다. 나는 옷을 팔 수 없었다. 그런 내가 한심하게 느껴져서 괴로웠다. 3개월 정도 지난 어느 날, 점장이 나를 불렀다. "도움이 안 되니 그만두었으면 좋겠어. 그래도 위에서는 나가쓰 씨가 '대학을 나왔다'는 이유로 아깝다고 하더라고. 그러니 그쪽에서 사정이 생겨 그만둔다고 해줬으면 해. 개인 사정은 본인이 잘 생각해보고." 이의는 없었다.

오히려 솔직히 말하면, 그만둘 수 있어서 다행이라고 생각하며 안심했다. "그러면 할머니가 돌아가셔서 장녀인 제가 고향에 가야 한다고 할까요?"라고 제안하자 점장은 "아, 좋네"라고 대답했다.

생활비를 벌어야 하는 처지라 아르바이트 정보지를 사서 다음 일을 찾았다. 일이 적은 곳이 낫겠지? 그렇지만 일이 너무 없어도 문제야. 이런 나도 괜찮다고 써주는 곳이 있으려나. 한동안 정보지를 팔랑팔랑 넘기다가 어느 작은 광고에 시선이 멈췄다.

많은 게임에 둘러싸여 일해보지 않겠습니까? 점원 모집. 근무지는 아키하바라. 시급 1,000엔.

'게임 파크'라는 이름의 가게였다. 트럼프나 보드게임, 마작 같은 테이블 게임을 하는 모습을 상상해 보았다. 일은 가게를 보면서 청소도 하는 것이었다. 나쁘지 않다는 생각이 들었다. 물건을 사라는 영업을 하지 않아도 되고.

하루를 망설이다가 다음 날 전화를 걸어 면접 약속을 잡았다. 그러나 당일에 아키하바라역에서 가게까지 걸어가는 사이에 내가 잘못 생각했음을 깨달았다. 가는 길에 보이는 것은 온통 가전제품과 오디오, 컴퓨터 가게뿐이고, 테이블 게임 따위는 없어 보였다.

가게는 전자상가의 뒤편에 늘어선 낡은 상가건물의 5층에 있었다. 문을 여니 실제로 '게임 파크' 안에는 게임기와 캐릭터로 보이는 피규어, 게임팩이 벽장 선반에 가득 차 있었다. 대학 때 남자친구와 슈퍼 컴보이의 롤플레잉 게임을 한 적은 있었지만, 그 가게에 있던 것은 드래곤 퀘스트나 파이널 판타지, 모모타로의 전설 같은 가족용은 아니었고 롤플레잉 게임도 없어 보였다. 패키지로 짐작하건대, 득점을 가지고 경쟁하는 유형의 격투나 전투를 테마로 한 게임들이었다.

하지만 미지의 장르라는 것은 나에게 별문제가 아니었다. 어쨌거나 이번 일은 나의 '취향'이라는 관점에서 찾은 것도 아니었고, 오히려 모르는 만큼 신선하다는 생각도 들었다.

면접을 본 사람은 내 또래로 보이는 남자였다.

몸집이 크고 퉁퉁한 체격에 검정 티셔츠와 청바지를 입고 있었다. 턱수염을 깔끔하게 다듬어 프로레슬러처럼 보이기도 하는 그는 "점장입니다"라고 말했다. "죄송합니다만, 저는 이런 게임인지 모르고 왔어요"라고 솔직하게 털어놓자 점장이 대답했다. "그런 건 상관없습니다. 여자가 왔으면 하고 생각했거든요. 화장실 청소라든가, 다 제대로 못 해서요."

나중에 알게 된 사실이지만 가게의 메인 상품은 시중

에 판매 중인 컴퓨터 게임에서 쉽게 고득점을 얻기 위
해 만든 치트용 소프트웨어였다. 손님의 반 이상이 그
것을 사러 왔다. 일은 편했다. 평소에는 점장이나 다른
아르바이트 학생과 계산대에 있었는데, 내가 하는 일은
대부분 상품을 봉지에 넣어주는 정도였고 손님이 없을
때는 창고에서 물건을 꺼내 오거나 전표를 적었다.

  청소도 하기는 했지만, 바닥과 진열대를 닦고 남녀
하나씩 있는 화장실을 정리하는 정도여서 매일 순식간
에 끝냈다.

  점장은 말수는 적었지만, 여러 가지로 세심하고 친절
했다.

  나 이외에도 두 명의 아르바이트 직원이 있었는데,
게임을 무척 잘 아는 모습이나 복장으로 봐서는 딱 '아
키하바라의 오타쿠'였지만, 딱히 그렇지도 않았다. 보
통의 대학생이었다. 한가한 시간이면 그들이 디스플레
이용 모니터로 '스트리트 파이터 Ⅱ' 게임을 하는 모습
을 보려고 다가갔다. 어느 날, 옆에 서서 쳐다보고 있는
나를 보더니 "나가쓰 씨도 해볼래요?"라며 게임 컨트
롤러를 건넸다.

고맙게 배웠지만 몇 번을 해도 요령이 생기지 않았다. 버튼을 누르면 모니터 속 인물은 기묘하게 움찔하다가 마구 움직여서 어떤 버튼을 어떻게 눌러야 하는지 감이 잡히지 않았다. 하지만 나름 재미를 느껴서 손님이 오지 않는 시간에는 자상한 세 명의 젊은이가 지켜보는 가운데 나는 서투르게 컨트롤러의 버튼을 계속 눌러댔다.

한낮의 휴식 시간에는 근처의 도토루에 가서 직장인들과 섞여 밀라노샌드 세트라는 500엔짜리 샌드위치와 커피 세트를 주문했다. 아키하바라는 역에서 조금만 멀어지면 상상 이상으로 정장 차림의 직장인이 많은 거리였다. 샌드위치를 베어 먹으며, 나는 지금 꽤 행복한지도 모르겠다는 생각을 했다.

하지만 여기 계속 있을 수는 없지, 라는 생각도 들었다.

일을 시작한 지 3개월이 지났을 무렵부터 아키하바라의 부근 역인 오차노미즈에 있는 아테네 프랑세에 다니기 시작했다. 일을 마치고 난 후 일주일에 두 번 프랑스어를 배우러 가기로 한 것이다.

대학 시절의 전공이 프랑스 문학이기도 해서 프랑스

에 가서 살아보면 어떨까 하는 생각이 문득 들었기 때문이었다. 어설픈 바람이었지만 매우 근사한 미래로 생각되었던 것은 히로시 삼촌이라는 롤모델이 있었기 때문이었다. 히로시 삼촌처럼 살고 싶다는 바람은 장래성도 없는 나에게 분수를 모르는 소망임에 틀림없었다. 그럼에도 마치 그런 좁은 길이 눈앞에 보이는 것처럼 느껴졌다.

"살다가 힘들면 프랑스에 가 봐. 마리짱에게 잘 맞을 거야"라고 중학생인 나에게 삼촌이 말했었다.

나는 그 말을 '언젠가를 위한 비장의 카드'처럼 조용히 간직하고 있었다. 그래서 나는 삼촌에게 전화를 걸어 시내의 어느 바에서 만나 이 같은 생각을 털어놓았다.

대학을 졸업하고 프리터로 반년을 보내면서 앞으로 어떻게 해야 좋을지 모르겠다. 오래 사귀던 남자친구와도 헤어졌고…. 만약 가능하다면 삼촌처럼 산속에서 일하면서 돈을 모을 수 있으면 좋겠어. 프랑스에서 살아보고 싶기도 한데 뭐랄까, 도쿄에서 시급 1,000엔짜리 아르바이트를 계속하다가는 버는 족족 월세와 식비로 전부 날아갈 것이 분명하니, 다음 단계로 나아가고 싶어도 준비를 할 수 없을 것이라는 내용이었다.

　나는 중학생 때부터 꼭 쥐고 있던 '비장의 카드'를 비로소 내놓은 기분이 들었다. 삼촌은 나의 바람을 죽 듣더니 "알겠어"라고 말했다. "내가 일본 제일의 온천여관 사장을 아니까 마리짱을 부탁해줄게. 우선 100만 엔만 모아봐, 마리짱. 그러면 어떻게든 프랑스에 갈 수 있을 테니."

　태어난 곳이 니가타의 시골 마을이어서 10대에는 도쿄를 동경했다. 대학 진학과 동시에 도쿄 생활을 시작했고, 나만의 공간을 만들어 즐겁게 살았다. 부모님이 마련해준 자취방과 입학을 하자마자 만난 남자친구가 살던 자취방. 학교와 아르바이트 장소. 슈퍼마켓, 라멘가게, 영화관, 비디오대여점, 서점, 옷가게. 아는 사람이라고는 거의 같은 형편의 스무 살 전후 또래였다. 내가 선택한 환경에서만 살다 보니 무한히 넓었던 도쿄는 자그마하게 쪼그라들었고, 일상을 넘어서는 크기로 자라지 않았다.

　그 후로 일했던 아르바이트도 주변엔 거의 젊은이들

뿐이었다.

그런 세상에서는 '나는 어떤 사람인가'를 애써 생각할 필요가 없었다. 서로에게 이해를 구해야 할 만큼의 차이도 없었고, 세상을 보는 방식이나 생활방식에서도 별다를 것 없이 고만고만하다고 느꼈다. 그렇게 자신을 드러내지 않아도 필요한 만큼의 관계를 유지할 수 있는 곳이었다.

4년 반 동안 이런 식으로 살아온 도쿄 생활은 나름 편하고 익숙해졌다. 하지만 이대로 평생 살아간다고 생각하면 숨이 막혀왔다. 어디든 다른 곳으로 가고 싶었다. 그곳에서 무엇을 하며 살든지 크게 상관없었다.

그저 되도록 몸을 쓰는 일을 하고 싶었다. 내가 무엇을 하는지 눈으로 확인할 수 있는, 손발을 사용하는 일. 그래서 도쿄와 전혀 다른 생활을 할 수 있는 산속의 온천여관에서 지내며, 나와 나이도 경험도 크게 다른 사람들과 함께 일을 한다는 것은 그 당시의 내가 바로 원하던 일이었다. 앞서 '프랑스행'을 운운한 것도 실은 그 방편이었는지도 모른다.

2

　그날 어떻게 아키타의 T마을에 도착했는
지 기억이 나지 않는다. 누마부쿠로의 집을 나선 기억
은 난다. 아침이 되자 이사업체의 직원이 왔다. 침대를
실어 나르고 보니 먼지투성이인 500엔짜리 동전이 떨
어져 있어서 서른 살 정도로 보이는 아저씨(당시에 서른
살은 나에게는 아저씨로 보였다)가 조용히 주워서 내게 건네
주는 바람에 조금 부끄러웠던 기억도 난다.

　그것이 아키타로 떠난 날의 일인지, 전날의 일인지가
확실치 않다. 당시 아키타 신칸센은 아직 개통되지 않
았었다. 역에 도착한 시간이 오후 1시에서 2시 사이였
던 기억이 어렴풋이 나고, 급행열차로 도쿄에서 아키타
까지 가서 다시 T마을로 향한 여정이었던 것을 생각하
면, 이사를 한 날 바로 아키타로 떠나진 않았으리라 생
각한다. 하지만 지인의 집이나 비즈니스호텔에 머문 기
억도 없다. 확실하게 기억나는 것은 그날이 12월 27일
이었다는 것이다. 일하게 된 'K온천'이라는 온천여관
의 사장과 통화를 한 것은 12월 초순이었다.

"언제 가면 될까요?" 내가 묻자 수화기 너머에서 수첩을 뒤적이는(또는 달력을 확인하는) 수초 간의 침묵이 흘렀고, "글쎄요, 27일에 와주시겠어요?"라는 대답이 돌아왔다. 그때는 산속의 온천여관에 살면서 일을 한다는 것이 어떤 것인지 전혀 모르고 있었다.

"저, 뭘 가지고 가면 될까요?"

"(다시 잠시간의 침묵) 뭐든 다 있으니 아무것도 필요 없습니다."

"이불 같은 것도요?"

재차 확인하듯 묻자 사장은 "후훗" 하고 짧게 웃었다.

"이불은 있으니 염려 마세요. 마리코 씨라고 했지요?"

"네."

"마리코 씨만 오시면 됩니다."

"네에."

K온천 사장의 말투는 상냥했다. 도쿄 말씨였지만 발음과 억양에서는 북쪽 사람의 분위기가 묻어났다.

도착지의 역에 내려 사장이 가르쳐 준 버스 정류장으로 향했다. 터미널답게 대합실이 있었고, 한가운데에 커다란 난로가 열기를 더했다. 옷을 껴입은 마을 사람들이 벤치에 빽빽하게 앉아 있었다. 나의 목적지인 'K 온천 입구'라는 정류장은 여러 개의 버스 노선 중 하나의 종점이었다. 시간표를 보니 그곳으로 향하는 버스가 오기까지는 아직 한 시간 이상 남아 있었다.

사람이 많은 대합실에서 시간을 마냥 보내는 것이 답답해서 일단 산책을 하기로 했다.

눈이 소복하게 내리고 있었다. 우산을 가지고 오지 않은 탓에 커다란 눈송이가 모직 더플코트의 어깨 위에 내려앉더니 어느새 조금씩 쌓이기 시작했다. 남색의 로우컷 컨버스 운동화도 서서히 젖어 들었지만, 눈의 왕국에서 자란 나는 개의치 않고 무작정 역 앞의 거리를 한 시간가량 걸었다. 차는 나름대로 다니고 있었지만 나처럼 걷고 있는 사람은 적었다. 슬슬 돌아가려고 발길을 멈춘 순간, 뒤에서 누군가 어깨를 톡톡 두드렸다. 뒤를 돌아보니 남색 패딩을 입은 중년의 남자가 서 있었다. 무슨 이유에선지 내용물이 가득 담긴 슈퍼마켓 비닐봉지를 나에게 내밀었다. "자."

"네?"

나의 반응을 무시한 채 남자는 거듭 짧게 말했다. "케에."

그곳에서 살기 시작하면서 알게 된 말 '케에'는 아키타 사투리로 '먹어'라는 뜻이었다. 하지만 그때는 알지 못했다. 다시 남자를 쳐다보자 그는 어색한지 내가 아닌 눈이 쌓인 바닥을 내려다보았다. 내민 것을 받고 인사를 전하자 남자는 다시 알 수 없는 말을 중얼거리며 등을 돌려 어디론가 가 버렸다. 봉지 속을 들여다보니 가격표가 붙은 사과 봉지가 세 개나 들어있었다.

오후 4시를 지나자 버스가 왔다.

도쿄에서부터 짊어지고 온 배낭과 사과 봉지가 내가 가진 전부였다. 역 앞의 작은 시내를 지나 비교적 신축 가옥이 즐비한 국도를 벗어나자 눈앞에 아름답고 웅장한 산이 나타났다.

길은 조금씩 경사가 생기기 시작했다.

버스는 시시각각으로 저물어가는 산비탈을 익숙한 움직임으로 되짚으며 달려 이윽고 산 중턱에서 더욱 깊은 산속으로 들어갔다. 내가 가는 곳은 종점이어서 내릴 곳을 놓칠 염려는 없었다. 출발할 때는 좌석을 다

채울 정도로 많았던 승객이 한 사람 두 사람 내리더니 이제 버스에는 노년의 부부와 나만 남았다.

40분쯤 지나 종점인 'K온천 입구'에 도착했다. 버스에서 내리자 넓은 주차장에 덩그러니 흰색 밴 한 대가 서 있었다. 차에는 붓글씨체로 'K온천'이라고 쓰여 있었다. 차 옆에서 기다리고 있던 남자가 이쪽으로 오라는 듯 손짓을 했다. 50대 후반으로 보이는 스포츠형 백발의 혈색이 좋은 아저씨였다. 그는 앞섶에 흰 글씨로 차와 똑같이 'K온천'이라고 쓰인 검은 핫피(직공 등이 입는 일본 전통 윗도리-옮긴이)를 입고 있었다. 그는 나를 발견하자 잘 알고 있다는 듯 고개를 끄덕이며 노부부에 이어서 나를 태우고 더욱 깊은 산속으로 차를 몰았다.

20분가량을 경쾌하게 달리더니 이윽고 산길을 벗어나 개인소유로 보이는 좁은 길로 접어들었다. 조금 들어가자 앞쪽에 수수한 나무문이 보였다. 차가 멈춰서 문을 여니 숯이 타는 냄새가 났다. 대문 앞의 왼쪽에는 사극에 나올 듯한 나무껍질로 지붕을 이은 공동주택이 보였다. 오른쪽으로는 비교적 신축으로 보이는 2층짜리 목조 건물이 보였다. 양쪽 모두 그다지 큰 규모는 아니었다. 대문을 지나 안으로 들어가자 오른쪽 건물의 중앙쯤에 'K온천'이라는 간판이 걸린 입구가 있었는데, 바로 그곳이 현관이었다. 함께 탔던 부부는 그날의 마지막 손님으로 보였고, 아저씨의 안내를 받으며 안으로 들어갔다. 나도 그들을 따라서 가다가 뒤를 돌아보니, 해는 거의 저물고 건물의 모든 창문에서는 노란빛이 새어 나오고 있었다. 새해를 맞이하러 온 손님이 방마다 가득 찬 듯 보였다.

　주눅이 들어 묻지 못한 것이 있었다.

　여기까지 차로 데리고 와준 아저씨가 그간 나와 통화를 했던 K온천의 사장이 맞느냐는 것이다. 하지만 현관을 통해 안으로 들어오니 옆 사무실에서 나온 남자가 나에게 "마리코 씨입니까?"라고 묻는 소리를 듣고 사장임을 알았다. 산속 온천여관의 사장이라는 이미지에 빠져 사무에(일본 전통 작업복−옮긴이)를 상하로 입은, 아니 그와 비슷하게라도 입은 모습을 상상하고 있었지만, 나의 아빠와 동년배로 보이는 사장은 와이셔츠에 넥타이를 매고, 'K온천'이라는 자수를 넣은 집업 스타일의 남색 점퍼와 회색 바지를 입은 말쑥한 모습이었다.

키가 크고 콧날이 오뚝했으며 눈썹이 진했다. 아키타의 얼굴이었다. 미소를 짓고 있지만 태도는 어딘가 모르게 수줍음이 묻어나서 낮에 사과를 준 남자가 떠올랐다. 중얼거리듯 말하는 모습도 닮았다. 수줍음은 이 근처 남자들의 공통점일지도 모른다.

"네. 나가쓰 마리코라고 합니다. 잘 부탁드립니다."

나는 머리를 숙였다.

"저야말로 잘 부탁드려요. 그럼 마리코 씨, 이쪽으로 오실까요?"

사무실은 사무용 철제책상 두 개가 나란히 놓인 작은 방이었다. 안에는 직원으로 보이는 세 사람이 있었는데, 모두 찻잔을 손으로 감싸들고 이쪽을 바라보고 있었다. 사장은 가장 가까운 자리에 앉은 여성을 가리키며 말했다.

"경리로 일하고 있는 다네다 씨입니다."

안경을 쓰고 뺨까지 길게 내린 단발머리에 양 갈래로 핀을 꽂은 40대 여성이 나를 보고 빠르게 "다네다입니다"라고 말했다. 조금 차가운 분위기였다.

"음, 이쪽은 제 아들입니다. 도쿄에 있는 호텔 전문학교에 다니고 있는데, 지금은 겨울방학이라 집에 와 있지요."

흰 피부에 체격이 좋은 서글서글한 인상의 청년이 누구인지 알겠다는 듯 아버지의 말을 이었다.

"아, 히로시 아저씨의 조카군요."

아무래도 삼촌은 여기서 꽤 알려진 사람 같았다.

"그리고 여기가 도모요 씨."

짧은 머리를 한 작은 체구의 여자가 얼굴에 미소와 함께 호기심을 띠고 나를 보고 있었다. 나이를 가늠하기 어려운 사람이었다. 발그레한 양쪽 뺨 탓인지 어딘가 아이 같아 보이기도 했지만, 어쩐지 40대인 엄마뻘로 느껴지기도 했다.

"그런데 그 봉지는 뭐예요?"

그녀는 내 손에 매달린 비닐봉지를 가리켰다.

"아, 이건 T역 부근에서 어떤 아저씨한테 받았어요. 사과 같은데 괜찮으시면…." 말을 채 마치기도 전에 도모요 씨는 "하하하" 하고 유쾌하게 웃고는 "어쩐지"라고 말하며 무거운 봉지를 받아들었다.

"그렇다면 감사히. 내일 오자코 시간에 모두 같이 먹으면 되겠네요."

"네."

'오자코가 뭐지?' 나는 처음 듣는 말에 고개를 갸웃했다.

사장은 세 사람에게 소개를 마친 뒤 말했다.

"집사람도 소개할게요. K온천의 안주인이니까요."

사장은 앞장을 서며 사무실에서 이어지는 방으로 들어갔다. 주방이었다. 소매가 달린 앞치마를 입은 작은 체구의 할머니 대여섯 명 가운데에서 사장과 비슷한 키의 중년 여성이 긴 젓가락으로 접시에 음식을 담고 있었다.

이런 얼굴이 아키타의 미인인 걸까. 또렷한 쌍꺼풀 눈, 윤기 나는 피부. 선명한 눈썹과 오똑한 콧날은 사장과 닮았지만, 조금 다른 것은 얼굴에 위엄이 드러난다는 점이었다. 나는 도쿄에서 선물용 과자를 가지고 왔다는 사실을 깨닫고 배낭에서 꺼내 그녀에게 건넸다.

"신세를 지게 된 나가쓰 마리코입니다."

"고마워요."

안주인은 과자 상자를 받아들며 나를 지그시 바라보았다. '어떤 사정으로 여기에 왔을까'라고 묻는 기분이 들어 나는 슬며시 그녀의 눈을 피했다.

"자, 그러면 이제 마리코 씨의 방으로 가지요."

사장은 나를 이끌고 다시 앞장서 걷기 시작했다. 일단 건물 밖으로 나가 오른쪽 길로 조금 가니 왼편에 예전 학교 건물 같은 목조 건물이 서 있었다. 사장은 그곳이 '자취동'이라고 알려주며, 자취하면서 장기간 머무는 사람도 이곳에 묵고 있다고 덧붙였다. 신발을 벗고 백열전구가 비추는 긴 나무 복도의 중간쯤 가자 오른쪽에 가파른 계단이 있었다. 사장을 따라 올라가자 2층도 1층과 같은 구조였다. 복도를 왼쪽으로 돌아 안쪽에서 두 번째 방 앞에서 사장이 여기라는 듯 멈춰 섰다. 장지문을 열자 3평 정도의 다다미방이 따스한 온기를 내뿜었다.

안에는 한 칸짜리 벽장이 있었다. 사장이 자신 있게 열면서 "봐요, 이불입니다"라고 말했다. 일전에 내가 전화로 이불은 있냐고 걱정했던 것을 기억하고 있었던 것이다.

"보통은 객실로 쓰지만, 입주해서 일하는 직원들의 숙소로도 씁니다."

"아하."

얼떨결에 맞장구를 쳤지만 사실 불만은 없었다. 손님용 이불을 나도 빌려서 사용하는 셈이었다.

방에는 접이식 작은 상과 방석이 하나씩 있었다. 창가에는 석유난로가 놓여 있었는데, 빨간 열기를 내뿜고 있었다. 나를 위해 불을 피워둔 거라고 생각하니 어렴풋이 느껴지던 불안이 어디론가 사라져 갔다.

"조금 있으면 저녁 시간이니 다시 부를게요. 그때까지 쉬고 계세요."

그렇게 말하고 사장은 방에서 나갔다.

해는 완전히 저물어 있었다.

창밖을 바라보았다.

조명이 있는 K온천 주위만 빛에 싸여 있었고 주위는 칠흑 같은 어둠에 뒤덮여 있었다. 이곳은 흔히 말하는 '온천 거리'에 속한 곳이 아니었다. 오우산맥 속 깊은 곳에 별자리처럼 흩어져 각기 독립해 자리 잡은 온천 여관의 하나로, 주변에는 가게도 인가도 없었다.

저녁 식사 하시죠, 라고 사장이 부르러 와서 조명을 끄고 방을 나갔다. 방은 장지문으로 되어 있어서 자물쇠가 없다는 사실을 깨달았지만 그런가 보다 했다. 지갑이 바지 주머니에 들어 있어서 만일 도둑이 들어도 훔쳐 갈 만한 물건은 방에 하나도 없었다.

숙소를 나와 사무실이 있는 건물로 갔다. 주방 옆에 2평 남짓한 다다미방이 딸려 있었다. 긴 상에는 반찬이 놓이는 중이었다. 사장의 아들과 10대로 보이는 어린 여자아이가 두 명 와 있었다.

소매가 달린 꽃무늬 앞치마를 입은 할머니 두 사람이 식기와 손님들에게 나가고 남은 듯한 음식을 들고 주방을 드나들고 있었다. 국과 커다란 전기밥솥이 들어왔고 안주인과 할머니들도 자리를 잡았다. 사장이 나를 모두에게 소개했다.

"도쿄에서 온 마리코 씨입니다. 내일부터 우리를 도와 일할 거예요."

나는 고개를 숙였다.

"잘 부탁드립니다."

고개를 들자 여자아이들과 눈이 마주쳤다. 그들이 이

쪽으로 오라는 손짓을 했다.

나는 고맙다고 말하며 두 사람 사이로 들어가 앉았다. 사장의 딸들이었는데 언니는 고등학교 3학년이었고, 동생은 중학교 1학년이었다. 큰 아이는 메이지 시대의 일본 화가가 그린 전통적인 미인처럼 얼굴과 몸이 희고 포동포동했으며, 길고 곧은 머리칼을 하나로 묶은 모습이었다. 눈과 눈썹에 의지가 느껴지는 똑똑해 보이는 아이였다.

동생은 단발머리였는데 커다란 쌍꺼풀 눈이 엄마를 많이 닮았다. 얼굴형은 동그랗고 표정도 아직 어린아이 같았다. 식사를 시작하자마자 동생이 오늘 학교에서 있었던 일을 모두에게 얘기하다가 요즘 학교에서 유행한다는 'Dreams Come True(1988년에 결성된 일본의 유명밴드-옮긴이)'의 노래를 낭랑하게 부르기 시작했다. 모두가 겸연쩍게 잠시 듣고 있는데 곡의 반 정도가 지날 무렵 안주인이 끼어들었다.

"그마안—. 민망하잖니."

동생은 바로 노래를 멈췄다. 안주인은 새로 온 나에게 실례가 된다고 생각한 것 같았다. 단란한 가족의 식사 자리에 끼어든 것은 오히려 나라는 생각을 했지만, 괜찮다는 말도 하지 못하고 아래를 보면서 밥만 우적 거렸다.

할머니들은 사장의 친척은 아니지만 입주해서 일하 고 있어 매일 저녁은 이곳에서 먹는 것 같았다.

한 사람은 후지 씨였는데 치켜 올라간 눈꼬리에 갸름 한 얼굴, 높은 광대가 마치 핀란드 작가인 토베 얀손을 닮았다. 사투리가 심해서 나는 이날 후지 씨가 하는 말 을 거의 알아듣지 못했다.

다른 한 사람은 고우메 씨였는데 작은 체구에 희고 반듯한 얼굴이었다. 위세가 당당하고 언뜻 보이는 연극 톤의 말투가 꼿꼿한 모습과 어우러져 어딘가에서 음식 점이나 작은 술집을 하다가 남은 생을 보내기 위해 산 으로 들어온 것처럼 보였다. 고우메 씨는 사장의 딸들 을 '애기씨'라고 불렀다.

"애기씨, 밥 더 먹을 거유?"

"애기씨, 졸린가 보오?"

나는 그 말을 듣고 이상하게도 약간의 저항감이 들었 다. 어째서였을까?

이곳에는 어떤 의미로든 '신분'이라는 것이 존재한다는 것이었고, 또 하나는 어린 시절이 영원히 지나가 버린 나는 절대로 '애기씨'가 될 수 없다는 사실을 불현듯 깨달았기 때문이었다. 나는 이곳에서 풋내기 종업원이었다. 어떤 각오도 없는 어린아이 같은 마음으로 나이만 먹은 인간이었다. 이 일은 내가 이제 타인으로부터 보호받을 입장이 아니라는 사실을 마음에 새긴 계기가 되었다.

식사를 마치자 자취동에 방이 있는 고우메 씨와 나는 함께 자리에서 일어났다. 설거지는 내일 아침에 하니 그대로 두라고 했다. "마리코(고우메 씨는 첫날부터 호칭을 생략했다), 내일은 4시에 일어나야 해. 내가 아침에 깨워 줄 테니까 그때까지 자 둬"라는 말을 남기고 그녀는 복도 끝에 있는 자신의 방으로 갔다.

잠들기 전에 목욕을 하기로 했다.

식사 시간에 이곳은 다섯 종류의 온천이 있으니 어떤 곳이든 마음대로 사용해도 좋다는 말을 들었다. 어두울 때 도착한 탓인지 어디가 어딘지 알 수 없었지만, 일단 처음 눈에 보이는 곳으로 가자는 생각을 했다. 나는 갈아입을 옷과 수건을 가지고 계단을 내려갔다. 숙소 현관에 마구 흩어져 있는 'K온천'이라는 글씨가 매직펜으로 크게 쓰인 고무 샌들 한 켤레를 골라 신고 밖으로 나갔다.

밖은 조명이 적은 탓인지 어슴푸레했다. 물소리가 들려왔다.

소리가 나는 쪽으로 향하자 작은 다리가 있었다. 아래로는 실개천이 흘렀다.

건너자마자 오른쪽에 정자가 보이고 '혼욕, 노천탕'이라고 쓰인 나무표지판이 있었다. 적어도 지금은 들어갈 용기가 나지 않았다. 조금 떨어진 앞쪽 어둠 속에 희미하게 불빛이 새는 작은 목조 오두막이 보였다. 천천히 다가가 벽에 '열탕'이라는 나무표지판이 매달려 있는 것을 확인했다. 문득 깨닫고 보니 밖으로 나와 3분 걸었을 뿐인데 몸이 떨려왔다.

나는 서둘러 '여탕'이라고 적힌 입구로 들어가 10초 만에 입고 있던 옷을 재빨리 벗어 바구니에 담아두고 몸을 대충 씻은 뒤 욕탕으로 뛰어들었다. 많이 뜨겁지는 않았지만 엉치뼈에서 정수리까지 소름이 쫙 돋았다.

객실이 다 찼다는 말을 들었는데도 밤 10시를 지난 탓인지 나 이외에는 아무도 없었다.

식사 시간에 '늦은 밤에는 온천에서 머리를 감지 말라'는 주의를 들었다. 이렇게만 들으면 『도노 모노가타리』(도노 지역에 전승되던 이야기를 엮은 구전 설화집-옮긴이)에 나오는 미신 같은 이야기처럼 들리겠지만, 그래서가 아니라 머리카락이 온도 차로 상한다는 뜻이었다. 상대를 배려해준 말이었지만, 일주일 전에 도쿄의 미용실에서 번개를 맞은 것처럼 구불구불한 파마를 한 나는 이미 충분하게 손상된 머리라 크게 신경 쓰지 않았다.

여러 가지 일이 많았던 오늘 하루를 개운하게 정리하기 위해 머리를 감고, 다시 탕에 들어가 몸을 데운 뒤 목욕을 마치고 옷을 갈아입고 밖으로 나왔다.

먼 곳을 바라보니 주위를 싸고 있는 산의 능선이 보이지 않았다. 별도 달도 없었다. 하늘은 구름으로 뒤덮여 있었다.

구름은 제 부피만큼의 눈을 품고 하늘에 떠 있었다. 문득 머리칼을 만지니 빳빳한 촉감에 정신이 들었다. 욕탕에서 나온 지 1분도 되지 않았는데 젖은 머리칼이 얼어 있었다.

눈을 뜨니 새벽 3시였다. 한기가 들었다.

이 오래된 목조 건물은 단열재 공사를 하지 않았는지 방이 무척이나 추웠다. 어딘가의 틈 사이로 바람이 들어오는 것이 뺨으로 느껴졌다. 이불 속에서 ㄱ자로 구부러진 몸이 굳었고 어금니가 부딪혀 딱딱거렸다. 숙소에 비치된 침구는 깔고 덮는 용도로 쓰이는 낡은 겸용 이불 한 채와 화학섬유 담요가 한 장 있을 뿐이었다.

이불은 있다고 웃으며 말하던 사장을 원망하는 마음은 들지 않았다.

그는 단지 종업원들이 쓰는 숙소에서 지내본 적이 없기에 모를 뿐이다.

하지만 이대로는 잠을 잘 수 없을 것 같았다.

옆 방의 고우메 씨가 깨우러 올 때까지 아직 한 시간이나 남았지만, 석유난로에 불을 붙이고 옷을 갈아입은 뒤 복도로 나가 세수를 했다. 어제 받은 앞치마를 두르고 삼각수건을 머리에 묶은 다음 난로 앞에서 기다리고 있으니 4시 정각에 문을 두드리는 소리가 났다.

"일어나고 있나?"

고우메 씨의 목소리다. 벌써 반가웠다.

"네."

나는 재빨리 난로를 끄고 강아지처럼 방을 뛰어나가 그녀의 뒤를 졸졸 따라서 계단을 내려갔다.

주방에는 벌써 안주인과 후지 씨가 와서 손님들의 아침 식사 준비를 하고 있었다. 고우메 씨도 그곳에 끼어들었다.

나는 무엇을 해야 좋을지 몰랐다.

여기에서 누구의 지시를 따라야 '맞는' 것일까. 주눅이 들었지만 나는 안주인에게 다가가 물었다.

"뭐든지 시켜주시면 할게요."

"그렇다면"

안주인은 하던 일을 멈추고 주변을 둘러보았다.

"그럼 송어조림이 저쪽에 있으니 접시에 담아 주면 좋겠네."

"네."

안심이 되었다. 할 일이 생겼다. 나는 그녀가 시키는 대로 주방의 탁자 위에 주르륵 놓인 사각 접시에 갈색의 작은 생선을 한 마리씩 담았다.

"다음엔 뭘 할까요?"

다시 안주인에게 물었다.

"그러면 그걸 큰 방에 갖다 두고. 쟁반에 받쳐서."

"네…. 그런데 큰 방은 어딘가요?"

"저기 복도로 나가서 조금 더 가면 왼쪽에."

"네."

커다란 사각 쟁반에 생선 접시를 가득 쌓아서 낑낑
대며 들고 시킨 대로 큰 방을 찾았다. 방에는 이미 화로
에 숯불이 타고 있었고 온기로 훈훈했다. 옻칠이 된 작
은 소반 70개 정도가 넓은 방 안의 중앙을 에워싸듯 빙
둘러서 있었다. '이제 어디에 이 생선 접시를 놓아야 하
지?' 망설이고 있는데 후지 씨가 채소절임을 들고 방으
로 들어왔다.

"죄송한데요, 생선은 어디에 놓으면 좋을까요?"

후지 씨는 빠른 말투로 뭐라고 대답을 하면서 소반의
왼쪽 위를 가리켰다.

아키타 사투리 탓인지 말투 때문인지 오늘도 후지 씨
의 말을 알아듣지 못했다. 어쨌든 감사하다는 말을 전

하니 후지 씨는 '괜찮아요'라고 말하듯이 턱을 치켜들었다.

손님의 식사를 차린 뒤에 우리도 주방에 딸린 작은 다다미방에서 아침 식사를 했다. 다 먹고 나서 상을 치우는데 열 명가량의 사람들이 차례로 주방에 들어왔다. 도모요 씨와 다네다 씨도 있었다. 어제 밴을 운전했던 아저씨와 모르는 남자도 두 명 들어왔는데 종업원으로 보였다. 처음 보는 할머니들도 몇 명 있었다. 나중에 안 사실이지만, 성수기마다 아랫마을에서 출퇴근하는 사람들이었다. 그들은 각각 파란 바탕에 하얀 물방울무늬의 둥근 찻잔을 손에 들고 찻주전자에서 호우지차를 따르거나 쟁반에 놓인 인스턴트커피에 크림이나 설탕을 넣고 조리대 주변에 빙 둘러섰다.

사장도 들어와서 나를 다시 그들에게 소개했다. 어느새 깔끔하게 깎인 사과가 과일꽂이에 꽂혀 큰 접시에 담긴 채 탁자에 놓여 있었다. 도모요 씨가 나를 향해,

"마리코짱, 잘 잤는가? 오자코는 어떤 거로? 커피로 하려면 저기 있는 것으로 타서 마셔요"라고 알려주었다. 오자코라는 말은 '차'를 뜻하는 것 같았다. 여기에

서는 명사 앞에 '오'를 붙이고 뒤에는 '코'를 붙이며, 명
사 자체는 탁음화를 시켜 '차'가 '자'가 되었다. 이런 법
칙을 나는 이날 아침 처음 알게 되었다.

3

일을 시작한 지 일주일이 지났을 무렵 고
우메 씨가 물었다.

"너는 여기에 울면서 온 거야, 아니면 웃으면서 온 거
야?"

잘 기억이 나지 않지만 아마 "웃으면서요"라고 대답
했겠지. 적어도 울면서 왔다고 할 만큼 심각하진 않았
으니까.

사장 부부는 매우 친절하게 대해 주었다. 연말연시
성수기가 지나면 눈에 파묻힌 산속 숙박업소를 찾는
손님이 드물어서 내게 줘야 하는 급료는 고스란히 적
자로 남았을 것이다. 하지만 그들은 그런 점을 개의치
않았고, 나는 덕분에 느긋하게 생활할 수 있었다.

사실 나는 그곳에서 사는 것처럼 살았다. 일하러 왔을 무렵의 나는 생기도 없이 삐쩍 말라 있었다. 그러한 나의 몸에 산과 육체노동과 온천이 가져다준 식욕은 즉각적인 효과를 가져왔다. 2, 3개월이 지나자 도모요 씨가 "마리짱, 젖먹이 엄마 해도 되겠어"라고 웃으며 농담할 정도로 풍만해진 것이다. 스스로 말하기에 조금 그렇지만, 모두가 나는 살이 조금 붙은 것이 더 귀엽게 보인다고 말했다. 그런 덕분에 어느 날 동사무소 관광과의 아저씨가 온천 팸플릿 모델을 해보자던 적이 있었다. 학교 수영복을 입고 둥근 어깨를 드러낸 23세의 나는 카메라를 든 아저씨가 치켜세워주는 덕분에 마치 쉬운 일이라는 듯이 그가 일러주는 대로 종일 노천탕을 들락날락했다.

그 시절의 나는 정말 잘 먹었다.

아침에 일어나면 옷을 갈아입고 주방으로 갔다. 처음에는 음식을 만드는 고우메 씨에게 "아침밥 주실 수 있을까요?"라고 조심스럽게 물어보았다. 하지만 나의 말을 듣고는 "뭐라는 겨? 낯간지럽게"라는 탓에 그녀의 방식대로 "아바, 마마케레쟈"라고 말했다.

"엄마, 밥 줘"라는 뜻이다.

"오냐."

고우메 씨가 기분 좋게 대답했다. "고우메 씨가 만든 계란말이 너무 맛있어요"라고 하면 그녀는 매일 계란을 4개나 넣어 만든 달콤하고 두툼한 계란말이를 나한테만 만들어주었다.

그 계란말이를 갓 지은 밥에 올리고 간장을 조금 뿌려서 먹으면 굉장히 맛있었다. 자반연어도 매우 훌륭했다. 그 지역에서는 연어를 '보닷코'라고 불렀다.

'너무 많이 잡히는 통에 고양이가 물고 가다가 보닷, 하고 떨어뜨려서 보닷코'라고 했다. 빨간 살의 소금기와 지방이 목구멍을 지나면 뇌로부터 손끝 발끝까지 저릴 것 같은 기세로 내 몸에 스며들어 갔다.

"마리코가 자란 니가타는 쌀도 연어도 많이 나잖아. 어디가 더 맛있는 거 같아?"

남자 종업원이 물었을 때 나는 "글쎄요"라며 대답하기 어려운 척을 했다. 그리고 매일 밥을 먹고 또 먹었다. 안주인은 그 지역의 재료를 가지고 가장 훌륭한 요리법으로 만든 음식을 주었다. 산에서 캔 토란을 경단으

로 만들어서 뿌리채소와 돼지고기를 함께 끓인 국, 숯
불에 구운 밤. 모든 것이 정말 맛있었다. 그것은 무엇보
다 산 때문이었다. 산이 나와 음식을 원초적인 관계로
엮어 주었다.

추억이 너무 많아 다 쓸 수가 없다.

하루하루가 즐거웠다.

오전에는 체크아웃이 끝난 객실을 돌았다. 술 냄새가
나는 방의 창문을 열어젖히면 날카로운 바람을 타고
눈발이 날아들었다. 이불을 개고 청소를 마친 뒤 말끔
해진 방을 바라보면 뭐라고 표현할 수 없는 기운이 느
껴졌다. 눈이 오는 날이나 맑은 날이나 주변이 너무 조
용해서 뜰에 흐르는 개울물 소리만 들렸다. 청소가 일
찍 끝나면 점심까지 조금 여유가 있어서 동료들과 다
다미 바닥에 다리를 뻗고 수다를 떨었다.

"나는 웬만한 나쁜 짓은 다 했어. 도쿄에서 자랐지만,
지금은 빚을 갚기 위해 여기서 일을 하는 중이고."

아내와 두 자녀를 둔 서른 살 남자는 과거를 털어놓
았고, 우리는 그의 속사정을 들으면서 공감하듯 맞장
구를 쳤다.

자칫 무료할 수 있는 산속에서 험하게 살아온 이야기를 듣자 아득히 먼 옛날이야기처럼 들렸다. 휴대폰도 컴퓨터도 아직 보급되지 않았고, 숙소에는 텔레비전조차도 없었다. 뒷산에 사는 곰도 봄까지는 잠을 잘 것이고, 야쿠자도 경찰의 추격대도 오지 않을 터였다.

자기계발을 위해 무언가를 할 필요도 없었다. 여러 문제를 미뤄두고 나에게 딱 맞는 성역에서 살고 있었다.

한 달에 한 번, 이틀간의 휴가를 얻었다.

산에서 내려와 큰길을 따라 걷는 것이 나의 정해진 코스였다. 새벽 4시경, 날이 밝기 전에 숙소를 나와 깎아지른 듯한 눈 벽 사이의 산길을 터벅터벅 걸어갔다. 조금씩 날이 밝아오자 나 이외의 생명이 있다는 기척을 느꼈다. 처음에는 눈 벽에 희미하게 붙은 먼지라고 생각했다. 하지만 작고 검은 날벌레가 밥에 뿌린 깨처럼 다닥다닥 붙은 것이라는 것을 깨달았을 때 깜짝 놀랐다. 벌레를 무서워하는 사람이 봤다면 기절을 했을지도 모른다.

시골에서 자란 나는 그다지 무섭진 않았지만, 말 없

는 작은 벌레 무리 속에 혼자 있다고 생각하니 결국 나도 조금은 긴장이 되었다.

새가 울기 시작하자 비로소 안도감이 들었다.

시계를 보니 반 정도 왔다는 생각이 들어 고우메 씨가 만들어준 커다란 주먹밥을 꺼내 먹으면서 빠른 걸음으로 남은 길을 걸었다. 두 시간 정도를 걸어 버스 정류장(처음 이곳에 왔을 때 흰색 밴에 탔던 곳)에 도착해서 마을버스를 타고 산을 내려가 산기슭 역에서 내렸다.

거기서부터는 전차를 갈아타고 어떤 때는 모리오카, 어떤 때는 센다이나 아키타로 가서 시내를 얼쩡거리며 걷다가 비즈니스호텔에서 1박을 했다. 다음 날 저녁이 되어 숙소에 돌아오면 동료들이 "마리코, 왔는가?"라며 놀랄 만큼 반겨 맞아주었다.

선물을 건네고 걸어 다녔던 길과 구경했던 가게에 대해 이야기를 늘어놓았다. 그들은 자신들에게 익숙한 거리를 마냥 걸어 다녔던 나의 모험담을 재미있다는 듯이 들어 주었다.

나는 지금 행복하다고 생각했다.

도쿄에서의 학교생활이나 아키하바라의 도토루에서

느낀 행복과 어딘가는 닮았고 또 어딘가는 달랐다.

나는 점점 평범해져 갔다. 동료가 있었고 산이 있었고 일을 했고 때로는 혼자서 놀러 나갈 수도 있었다. 「얼렁뚱땅 반쪽이네」에 나오는 반쪽이 아빠가 말하는 "이대로 좋아"와 같은 행복이었다.

그런데도 왜 나는 5개월 만에 산을 떠나 왔을까.

한마디로 말하면 내가 사는 곳이 그리워서였다.

북적이는 거리가 그리웠다. 그곳이 파리가 아니어도 좋았다. 프랑스행은 어찌되도 좋다고 생각하게 되었다. 모은 돈은 목표치를 달성하지 못했지만, 도쿄에서 다시 생활해도 될 만큼 충분했다.

이제 되었다고 생각했다. 제멋대로라는 생각은 했다. 건강을 되찾은 만큼 마음에도 여유가 생겼다. 도쿄로 돌아가자고 결심했다. 모르는 사람과 만나고 싶었다.

5월 초순, 산에 있는 모든 것과 작별했다. 얘기를 나눈 적이 거의 없었던 경리인 다네다 씨가 필요한 데에 쓰라며 전별금을 건넸다. 도모요 씨가 차로 역까지 배웅해 주었다. 고우메 씨도 함께였다.

"도착하면 연락해"라고 헤어질 때 도모요 씨가 말했

다. 고개를 끄덕였지만 나는 분명 그러지 않으리라 생각했다.

헤어짐의 고통과 그 고통의 근원이기도 한 즐거운 추억들을 나는 돌아보지 않으려 애썼다. 모두에게 미안했지만 '이것으로 충분하다'고 생각했다.

그때 무슨 생각이었는지 완행열차표를 끊어서 천천히 천천히 해안선을 따라 내려왔다. 야마가타현에 들어서자 창밖으로 웅장한 산이 나타났다. 조카이산이었다.

주위는 온통 봄이었다.

나는 멍하니 바라보았다.

스물네 살이 되어 있었다.

민달팽이

　　우리 집에서 가장 늦게 저녁 식사를 하는 것은 대학생 아들이다.

　11시 즈음 집에 돌아와 먼저 샤워를 하고, 파자마 차림으로 된장국을 데워서 다다미방의 밥상에 차려둔 반찬과 귀가 시간에 맞춰 전기밥솥에 세팅된 밥을 떠서 먹는다. 밥을 다 먹고 나서 조금 쉬다가 밤 1시가 지나면 설거지를 하고 자기 방으로 간다.

　나는 잠결에 이불 속에서 그릇과 물이 부딪히는 소리를 듣는다. 침실의 위치가 식탁과 책장 사이여서 달그락거리는 소리를 들으며 잠드는 즐거움을 만끽할 수 있다. 소리가 그쳐도 깨지 않고 그대로 깊은 잠에 빠져든다.

　그러다가 어제는 전기밥솥 예약을 잊어버려서, 아들이 돌아와서야 서둘러 냄비에 밥을 안쳤다. 시간이 걸린 만큼 배가 고팠을 것이다.

"맛있는데요. 냄비에 지은 밥."

아들은 밥을 한 그릇 더 먹으며 진지한 얼굴로 말했다.

그릇을 씻으면서도 아들은 신이 나서 이불 속의 나에게 계속 종알종알 얘기했다.

"냄비에 밥을, 아아 냄비에 밥을, 냄비에 밥을… 내 맘대로 하이쿠입니다."

'귀여운 녀석. 겨우 밥을 먹고 저렇게 좋아하다니.'

나는 적당히 맞장구를 쳐주다가 아들이 주방에서 나가기 전에 잠이 들어버렸다.

오늘 아침 잠에서 깼을 때 문득 떠오른 것은 '민달팽이'였다.

그러고 보니 이 아파트로 이사 온 뒤에는 민달팽이를 본 적이 없다. 우리 집은 1층이어서 어디라도 틈새가 있었으면 들어왔을 텐데. 철근 콘크리트란 정말 대단한 것이다.

가스카베에 살았을 때는 오두막 같은 틈새 많은 단독주택이어서 그런지 따뜻한 계절에는 여기저기에서 민달팽이가 나왔다. 어디로 들어오는지 모르지만, 욕실이

나 주방 바닥에서 한두 마리 보인다 싶다가 거실 바닥에서까지 반질반질한 흔적을 남기며 기어가는 것을 발견하면 섬뜩했다. 달팽이는 귀여운데 민달팽이는 왜 그렇게 귀엽지 않은 것일까. 등에 둥근 조개껍데기 같은 거 하나 올린다고 전혀 달라지는 이유는 무엇일까.

남편은 민달팽이를 눈엣가시처럼 여겼다. 보이기만 하면 바로 나무젓가락으로 집어서 변기에 버리고 물을 내려버렸다. 아들이 세 살 때 그 모습을 보고 불쌍하다며 살려달라고 애원했다. 하지만 아들은 겁이 많아서 제 손으로 민달팽이를 만지려고는 하지 않았다. 하는 수 없이 내가 휴지로 싸서 그것을 집어 들고 현관 밖으로 나가 수국 잎사귀 위에 올려주자 옆에서 내내 지켜보던 아들은 만족한 얼굴로 안으로 들어왔다.

그날부터 민달팽이를 구출하는 날들이 시작되었다.

온종일 집에 있는 아들과 나에게 그것은 더없이 좋은 놀이가 되기도 했다. 민달팽이를 발견하면 아들은 나에게 "있다!"라고 소리를 지르고, 나는 "네네" 하면서 휴지를 가지고 아들이 말한 곳으로 간다.

어제는 한 마리 살려줬지. 오늘은 두 마리.

이제 휴지 없이 손가락으로 살짝 집어 올리는 요령도 터득했다. 만진 뒤에는 꼼꼼하게 손을 씻었다. 끈적끈적했기 때문이다. 강하면서 민감한 점막으로 형성된 고체와 액체의 중간쯤 되는 생명체였다.

많이 살려줬지.

몇 마리 정도 될까?

구출을 시작한 지 두 달쯤 되던 어느 날, 아들과 현관 밖에 쪼그리고 앉아서 얼굴을 마주 보며 생각에 잠겼다. '몇십 마리는 되지 않았을까…' 문득 어떤 생각이 내 입에서 흘러나왔다.

"아, 세이짱은 알아? 민달팽이 여왕님 이야기."

"몰라."

"민달팽이를 엄청 많이 살려줬잖아. 엄마랑 세이짱이."

"응."

"50마리 정도 될걸. 지금까지 살려준 거 합치면."

"응."

"100마리가 되면 민달팽이 여왕님이 나타난대."

"응?"

아들은 벌떡 일어섰다.

"여왕님이!?"

"응. 민달팽이 여왕님이 나와서 말한대. '내 나라 민달팽이들을 살려주었군요. 감사의 인사로 마법을 써서 세이짱의 소원을 뭐든지 들어줄게요' 라고."

"오!"

아들은 내 말을 그대로 믿었다. 다음 날부터 민달팽이 구조에 탄력이 붙었다. 발견하자마자 쏜살같이 나에게 달려왔다. 민달팽이를 살려주면 어제까지의 수에 오늘의 수를 더했다.

"여왕님에게 무엇을 말할까?" 민달팽이를 잎사귀에 올려놓으며 함께 의논했다. 탈것을 좋아하는 아들은 "신칸센 700계(도카이도 신칸센과 산요 신칸센에서 운영하는 신칸센 차량 - 옮긴이) 타고 싶어"라고 말했다. 그리고 다음 날이 되면 소원은 바뀌었다. "미니카 든 캡슐, 아직 못 뽑은 거." "그거 좋네. 굉장한데?" 나는 마음속에 민달팽이 여왕의 모습을 그리며 아들에게 설명했다.

"보통의 민달팽이보다 조금 더 크단다. 당당하고 멋지고 반들반들한데, 머리에는 왕관을 썼어. 투명한 빛으로 빛나는 무지개색 작은 왕관이지."

옆에서 듣고 있던 남편은 코웃음을 쳤다. "뭐라는 거야? 기가 막히는군."

하지만 아들과 나의 놀이를 막지는 않았다. 아들이 없을 때는 여전히 재빠르게 민달팽이를 화장실에 버렸지만.

민달팽이 여왕님이 강림했냐고?

물론 여왕님은 나타나지 않았다. 적어도 아들과 나의 눈에 띄지는 않았다.

그해 늦가을, 민달팽이의 모습이 부쩍 줄어들었을 무렵에 아들이 유치원에 입학하면서 민달팽이 구출 놀이 자체를 할 수 없었기 때문이다. 봄이 아닌 가을에 입학한 데는 이유가 있었다.

아들은 그해 봄까지 말을 잘 하지 못했다.

'잘'이라고 하는 것은 '다른 사람이 알아들을 정도의 발음'을 말한다. 아들의 말에는 자음이 빠져 있었다. 사용하는 것은 '아이우에오'라는 모음과 'ㅇ' 받침뿐이었다. 예를 들어 아들은 나를 '어아앙'이라고 불렀고, 민달팽이 여왕님은 '잉아엥이 어오앙잉'으로 발음했다. 이런 이유로 시의 심사에 걸려서 입학 시기가 늦어진 것이다.

아들이 '말하기'에 이르기까지 발음에 얽힌 문제는 많았다. 갓 돌을 넘겼을 무렵, 보통의 아기가 '엄마' '아빠' '맘마'와 같은 짧은 단어를 말하기 시작할 시기에 아들이 냈던 발음은 '아아' 정도였다. 그 대신 입에서 나는 소리에 문자가 대응하는 것은 아는지 '아이우에오'가 한 자씩 새겨진 블록을 줄 세워 단어를 만들어 우리에게 말하고 싶은 것을 표현했다.

'자동차' '밥' '미피' 등등.

저녁 무렵이면 아들을 안고 산책을 자주 다녔다.

전망이 좋은 도로로 나오면 아이는 머리를 빙글 돌려서 작은 집게손가락으로 엷은 물빛의 허공을 가리켰다. 손가락 끝을 따라가면 달이 뜨는 것이 보였다.

"달님이 나왔네."

아들은 기쁜 듯이 몸을 위아래로 흔들었다.

아들은 다시 집게손가락을 다른 방향으로 향했다. 그 끝에는 밝게 빛나는 점이 있었다. 금성을 발견한 것이었다.

"별님도 나왔네."

아들은 더욱 세차게 몸을 위아래로 흔들었다.

말 대신에 아들은 그렇게 기분을 전했다.

어느새 아기에서 유아가 되었지만, 아들은 잠시 울거나 웃는 것 외에는 의미 있는 소리를 입 밖으로 내지 않았다. 대신 동작과 '아이우에오'의 블록으로 대략적인 표현을 했다. 나는 때때로 망연자실해졌다.

너는 무슨 생각을 하고 있니? 알고 싶어.

간절한 마음으로 아들을 바라보았다.

알고 싶었다.

분명 아이의 머릿속에서는 매일 매일 여러 가지 일이 일어나고 있을 텐데.

변화가 찾아온 것은 세 살 무렵이었다.

어느 날 방에서 놀던 아들이 노래하는 듯한 억양으로 무언가를 말하고 있었다.

"오, 앙, 앙~." 돌아보니 텔레비전에 '호빵맨'이 나왔다. 허둥지둥했다. 이 현장을 함께 봐줄 증인이 필요했다. 하지만 집에는 나와 아들 둘뿐이었다. 나는 잘못 들었을지도 모르는 '오, 앙, 앙'을 이 세상에 정착시켜야 한다는 생각에 아들에게 달려가 확인했다.

"세이짱, 말했구나. 호빵맨이라고 했네."

아들은 신이 나서 "오, 앙, 앙~~"이라고 반복했다.

그 후로 아들은 단어의 수가 나날이 늘더니 거의 동시에 단어와 단어를 엮어서 말을 할 수 있게 되었다. 무슨 이유에선지 '모음'만으로 말을 하는 탓에 남들에게는 잘 전달되지 않았지만, 나는 아들이 하는 말을 들을 수 있다는 사실만으로도 진심으로 기뻤다.

이상하게도 막상 말을 하기 시작하자 아들은 문어체처럼 말했다. 말하는 데 도움이 될까 해서 매일 그림책을 읽어주고 있었는데, 그것이 예상치 못한 형태로 영향을 주었던 것은 아닐까. 아마 그 민달팽이 이야기도 그림책을 읽다가 내 안에서 만들어진 이야기가 아닐까 하는 생각이 든다.

둘이서 민달팽이를 놓아준 시기가 이때였으니까.

네 살 생일을 지나 몇 개월이 흘렀을 때, 아들의 발음에는 조금씩 '자음'이 더해졌다. 게다가 아들의 미숙한 말을 받아주는 유치원을 찾아서 입학할 수 있었다. 그런 생활에 익숙해질 무렵에는 갑자기 말을 잘하는 아이가 되어, 발음에 곤란을 겪었던 시간도 어느새 가족이 모여 웃으면서 이야기할 수 있는 추억으로 남았다.

그런 추억을 떠올리면서 학교에 갈 준비를 하고 있는 대학생 아들에게 물어보았다.

"민달팽이 여왕 이야기, 기억나니?"

"음, 그거 말이야? 100마리 구해주면… 하던 거?"

"그래. 기억하고 있네."

"응."

어린 시절의 이야기라면 거의 기억하지 못하는 아들에게 있어 드문 일이다. 아들의 마음속에 어떤 모습으로 남은 것인지 더 물어보려다가, 말로 하면 아들의 기억이 퇴색될까 그만두었다. 나는 화제를 바꿨다.

"오늘 네 도시락 말인데, 녹색 채소가 없어서 전부 갈색이네. 미안해."

아들은 탁자에 놓인 칙칙한 소고기감자조림 도시락을 보더니 미국인처럼 어깨를 으쓱하며 "훌륭해요"라고 말했다. 그리고 뚜껑을 덮고 가방에 넣은 뒤 학교로 향했다.

감기와 닌텐도

아들이 초등학교 2학년 때, 정확히는 2월. 어느 날, 학교에서 돌아오자마자 피곤하다면서 거실에 있는 고다쓰(이불 속에 난로를 넣은 일본식 난방장치-옮긴이)에 들어가 잠이 들어버렸다. 저녁밥을 먹을 즈음에 깨워보니 푸시시 일어나 벌건 얼굴을 하고는 멍하니 앉아 있었다.

체온을 재보니 37도를 넘었다.

"감기에 걸렸네. 밥은 먹을 수 있겠니?"라고 물으니 "어떨까?"라면서 자신에게 묻듯 중얼거렸다. 일단 평소에 먹던 것을 조금 떠서 식탁에 놓고 "먹고 싶은 만큼만 먹어"라고 하자 아들은 천천히 사과 조각을 씹고 물을 마셨다. 잠시 후, 기분이 나쁘다고 말하더니 먹은 것을 토했다.

"기운이 너무 없어."

"오늘은 이는 닦지 말고 그냥 가글만 하고 자자"라고

하면서 욕실과 화장실에 데리고 갔다가 이불에 뉘었다.

　나도 옆에 누웠다.

　머리를 쓰다듬으니 감기에 걸린 아이의 냄새가 났다. 잠옷을 입은 아이의 몸을 등에서 엉덩이, 발끝까지 쓸어 내렸다. 모든 곳에서 군고구마 같은 열기가 느껴졌다.

　"이불이 차가워서 기분이 좋아."

　"자고 나면 나을 거야."

　아들은 끄덕이고 그대로 잠이 들었다.

　다음 날 아침, 체온을 재보니 38도가 넘었다.

　오늘은 쉬게 할 요량으로 학교에 전화를 걸었다. 아침밥은 안 먹겠다고 해서 물만 먹이고 종일 내가 뜨개를 하는 고다쓰에서 함께 보내기로 했다. 나와 남편은 감기에 걸려도 병원에 가지 않았다. 아들도 초등학교에 입학하고부터는 그렇게 하고 있었다.

　휴식을 취하면서 원하는 만큼 느긋하게 지내는 것이 감기에 걸렸을 때의 가장 좋은 대처법이라 여겼고, 그래서 늘 '음, 감기로군' 하고 경과를 지켜보면 금방 나아져 있었다.

　점심이 되어 아들에게 밥맛이 있는지 물었다. 아들은 고다쓰 안에서 옆으로 누운 채 눈을 뜨고 있었다. 그런데 대답이 없었다.

　얼굴을 가까이 대고 다시 물어보았다.

　표정이 없었다.

　아들은 나의 물음을 알아듣지 못했다. 얼굴을 만지니 굉장히 뜨거웠다. 나는 아들의 어깨 아래로 손을 넣어 고다쓰에서 몸을 꺼냈다. "세이짱" 하고 귀에 대고 불렀다. 역시 반응은 없었고 눈동자는 초점을 잃은 상태였다. 탈수증에 걸렸을까 싶어서 아이를 일으켜 세워 물이 든 컵을 입에 대고 "마셔"라고 하면서 기울이니 입술에서 물이 주르륵 흘러내렸다.

　아들이 생명체로서 중요한 경계선을 넘으려 한다는 생각이 들었다.

　누군가를 불러야 했다.

　나는 119에 전화를 걸어 구급차를 불렀다. 보험증과 지갑, 열쇠를 가방에 넣어 어깨에 걸치고 아들을 현관까지 옮겼다. 신발을 신고 아들을 안은 채 밖으로 나와 현관문을 잠그고 119가 지시한 장소로 나갔다. 사이타마 겨울의 야속한 파란 하늘이 길 위에 펼쳐졌다.

그곳은 아들이 아기였을 때 매일 저녁 무렵이 되면 별을 보여주려고 안고 나가던 장소였다. 여덟 살이 된 아들은 어렸을 적에 말이 늦었던 사실 따위는 생각나지 않을 만큼 수다스러운 아이가 되었다.

이제 겨우 말을 되찾았는데, 방금 내가 한눈을 판 한두 시간 사이에 말과 감정뿐 아니라 의식이라는 기능마저 통째로 잃어버렸다.

아들은 이제 돌아오지 못할지도 모른다. 바닥이 보이지 않는 두려움과 슬픔 같은 것들이 하나가 된 채 구급차를 기다렸다.

아아, 아이가 맨발이네, 라고 깨달은 것과 동시에 아들의 두 팔이 내 목을 감고 있다는 사실도 알아차렸다.

"세이짱."

나는 아마 울고 있었을 것이다.

"엄마야."

아들은 내가 안기 쉽도록 다리를 꼬물꼬물 움직였다.

"어마앙ㅡ."

아들은 잘 돌아가지 않는 혀로 중얼거렸다. 차가운 바람에 아들의 체온이 조금 떨어진 것을 느꼈다.

"지금 구급차가 오고 있어. 병원에 가자. 엄마도 같이 갈 거야."

"……엄, 마."

숨을 천천히 쉬면서 아들은 이번에는 머리를 나의 어깨에 내려놓았다.

아들을 지탱하던 내 손이 저려 올 즈음 구급차가 도착했다.

재빨리 아들을 차에 태웠다. 구급대원은 나에게 상태를 묻고 아들에게 계속 말을 걸도록 지시했다. 차는 5분여 만에 시민병원의 응급실 입구에 멈춰 섰고, 그대로 함께 구급 외래로 들어갔다.

열을 재니 41도였다.

검사 결과 A형 독감 진단을 받아 그대로 입원하게 되었다. 고열이 계속되면 뇌에 장애가 남을 수 있다는 의사의 설명과 함께 '타미플루'라는 약을 처방받았다. 약을 먹고 아들은 병실의 침대에서 잠이 들었다. 저녁이 되어 남편이 왔을 때도 아이는 깨지 않았다. 남편은 다음 날 출근 때문에 집으로 돌아가고 병원에는 내가 남았다.

다음 날 오전 10시경에 아들은 눈을 떴다. 열은 37도 정도였다. 얼굴색도 말도 아직 완전하지는 않았지만, 이전으로 돌아와 있었다. 의사가 와서 아들의 상태를 보더니 "열은 내렸지만 일주일은 입원해야 합니다"라고 말했다.

오후에 니가타에서 친정엄마가 왔다. 내가 전날 와달라고 부탁했기 때문이었다. 다음 날, 엄마에게 아들을 잠깐 맡기고 시내에 있는 백화점의 장난감 매장에서 닌텐도DS라는 게임기와 포켓몬 게임팩을 샀다.

친구들은 다 가지고 있는데도 아들은 항상 '없어도 된다'고 말했다. 몇 년 동안 방과 후에 친구들이 가지고 노는 것을 지켜보기만 했다.

병실에 돌아와 종이가방을 아들에게 건네자 믿을 수 없다는 얼굴로 나를 보고 말했다.

"괜찮아?"

"괜찮아. 조만간 사주려고 했었어."

병실에서 잠든 아들을 보고 있으니 문득 생각난 것이
있었다.

친구들과 함께 놀이를 하지 못한다는 점에서 아들은
본인이 생각하는 것 이상으로 스트레스를 받았던 것
같다.

그리고 그런 스트레스를 받게 만든 사람은 나였다.
나는 '다른 사람은 어떻든 나는 내 방식대로 한다'라는
면이 다분히 있었다.

함께 사는 엄마의 그런 사고방식에 영향을 받았지만,
그렇다고 받아들이지는 못한 채 친구와 함께 놀고 싶
은 자유를 억눌렀을지도 모른다. 만약 그랬다면 정말
미안한 일이었다. 진심으로 미안했다.

다음 날이 되자 이번에는 내가 고열이 났다. 같은 바
이러스에 전염된 결과였다.

"죄송합니다. 이런 상태로 간병을 하는 것은 무리니
아들의 퇴원을 부탁드릴게요."

의사에게 부탁하니 어이없다는 표정을 지으며 잔소리를 했다.

"모자가 똑같이 예방접종을 받지 않아서 이렇게 된 거예요."

어쨌든 고맙게도 퇴원을 앞당기게 되었고, 니가타의 엄마와 함께 새 게임기를 가지고 집으로 돌아왔다. 입원했을 때와는 다르게 북적이는 퇴원이었다.

아들이 여덟 살 겨울에 독감에 걸려 닌텐도DS를 가지게 된 이야기는 이렇게 끝이 난다.

딸기

 두 살 아래의 여자아이와 만난 것은 내가 초등학교 4학년 봄이었다.

 이제 이름이 생각나지 않으니 그냥 사짱이라고 불러 본다.

 사짱과는 그해 봄 방과 후에 가끔 함께 어울려 놀았다. 어떻게 알게 되었는지도 확실하게 기억나지 않는다. 우리가 다니던 학교는 한 학년에 20명 정도인 아담한 초등학교였지만, 학년도 반도 다른 아이와 친해진다는 것은 평소의 나에겐 없던 일이었다. 항상 어울려 놀던 친구 중의 누군가가 그 아이의 집에 놀러 가자고 했던 것 같다.

 그 아이와 나에게는 한가지 공통점이 있었다. 우리는 둘 다 '전학생'이었다.

 나는 사짱과 만나기 2년 전에 친가에서 외가로 왔다.

회사에 다니던 아빠와 엄마, 한 살 아래의 동생과 함께였다. 엄마가 시댁의 일을 돕다가 병이 났기 때문에 요양을 위해서 이웃 마을에 사는 외가로 와서 네 식구가 더부살이를 하게 되었다. 다니던 학교와 전학을 간 학교는 불과 5, 6킬로밖에 떨어지지 않았지만, 전학을 간 학교가 더 시골이어서 농가가 많았다.

예전에 살던 곳은 직장에 다니는 집이나 장사하는 집이 상대적으로 많았던 것에 비해 외가의 주변에는 대체로 밭농사나 논농사를 짓는 집이 많았다. 우체국에 근무하던 외할아버지의 집도 큰길에 면한 집의 뒤에 있었는데, 큰 밭을 앞에 두고 있었다. 그 밭에는 가족들의 반찬을 충당하기에 충분한 작물이 외할머니 손에 만들어지고 있었다.

학교에서 돌아와 밭을 가로질러 집으로 향하면 늘 이랑 속에 웅크리고 풀을 뽑는 할머니가 있었다. 나를 발견하고는 느닷없이 괴상한 목소리로 말했다.

"아이구, 리본짱. 잘 다녀왔니?"

나는 끄덕였다.

나는 물론 '리본짱'은 아니다.

할머니가 나를 예뻐해서 그렇게 부른다고 생각했다.
할머니는 동생도 똑같이 '리본짱'이라고 불렀다. 동생
도 나와 마찬가지로 귀여움을 받고 있었다.

할머니의 가족에 대한 사랑은 밭으로 표현되었다.
그녀는 농협에서 구할 수 있는 가장 좋은 모종을 골
랐고, 최고라고 믿는 비료를 뿌렸다. 땅을 깊게 파서 모
종을 가지런히 심은 뒤 종류에 따라서 덮개를 씌웠다.
그녀는 최선을 다했다. 우리 가족에게 가능한 한 맛있
는 작물을 먹이는 것이 할머니에겐 다른 무엇보다 보
람 있는 일이라는 것을 우리는 잘 알고 있었다.

그 밭에서 수확하는 것 중 내가 가장 좋아한 것은 5월
에 나오는 딸기였다.
할머니가 키운 딸기는 뭐라고 표현해야 좋을까. 생김
새만 본다면 그림에 나오는 그런 딸기와는 거리가 멀
었다.
강의 상류에 있는 돌처럼 울퉁불퉁해서 모양도 고르
지 않았고, 크기도 유리구슬 정도의 작은 것부터 어린

아이의 주먹만 한 것까지 다양했다. 하지만 딸기향은 훌륭했다. 마치 딸기가 편안하게 깊은 호흡을 하는 것 같았다.

전부 달콤했지만 때로는 '아' 하는 감탄이 나올 정도로 응축된 천국의 맛이 섞인 것도 있었다.

맛있게 먹기 위한 가장 중요한 조건은 씻지 않고 그대로 먹는 것이다.

물론 냉장고에 넣어서도 안 된다.

햇빛에 달궈진 것을 따자마자 먹어야 한다.

할머니는 농약을 뿌리지 않아서 개미가 갉아먹은 자국도 있었고, 때로는 과실 안에 개미가 들어있는 일도 있었다.

잘못해서 개미를 씹고 울먹이면 엄마는 웃으며 "면역력이 생길 거야"라고 말했다. 아빠는 '조미료'라고 거들었다. 덕분에 나는 모래를 씹든 개미를 씹든 별로 신경 쓰지 않게 되었다.

딸기를 따는 것은 나의 권리였다.

이 집의 아이라면 먹고 싶은 만큼 먹어도 좋았다.

내가 먹으면 할머니도 좋아했다.

이렇게 나는 그 계절 동안 학교에서 돌아오면 책가방을 멘 채로 딸기밭에 쪼그리고 앉아 만족할 만큼 먹고 나서 집으로 돌아왔다.

어느 날, 사짱과 함께 집으로 오는 길이었다.

나는 외가를 가르쳐 준 다음 딸기밭에 같이 가자고 했다.

"난 매일 여기서 딸기를 먹고 집에 가."

"와, 좋겠다."

사짱네 집에는 딸기밭은 없는 것 같았다.

별생각 없이 나는 말했다.

"그럼 너도 딸기가 먹고 싶으면 여기 와서 먹어도 돼."

사짱은 기뻐하며 대답했다.

"정말 그래도 돼?"

"응. 내 친구니까."

여기서 말해두자면, 나는 아무에게나 그런 말을 하지는 않는다. 그렇다고 내가 사짱을 다른 아이들보다 특별히 좋아하는 것도 아니었다. 다만, 그 아이에게는 내가 알고 있는 냄새가 났다. 전학생이라는 생물이 내뿜는 냄새.

그것은 주위를 살피는 듯한 사짱의 어색한 태도에서 피어오르고 있었다. 사짱을 뒤에서 '거짓말쟁이'라고 부르는 여자아이도 있었다.

"그러니 마리코짱도 조심하는 게 좋아. 속지 않으려면."

"그래. 알았어."

나는 기계적으로 대답했다.

그리고 2년 전에 내가 전학 왔을 때, 주변의 아이들에게 몇 가지 거짓말을 했던 기억이 났다.

전에 다니던 학교에서는 친구가 전혀 없었다.

그런데 여기에 전학을 와서 친구가 생길 것 같아서 정말 기쁘다.

이런 식의 거짓말이었다.

특별한 의미도 없었고, 해악을 끼치는 것도 아니었다.

그것은 새로운 곳에서 자신을 만들어내기 위해 거의

무의식적으로 지어낸 거짓말이었다.

　하지만 입 밖으로 나온 거짓말은 살아났고, 나는 이 물감을 느꼈다. 나는 점차 순수함을 잃었다. 변명 같지만, 그때의 나는 내 편을 만들기에 급급했다.

　그 무엇보다 절실했다.

　새로운 반에서 나를 괴롭히는 여자아이 두 명이 있었다. 산 지 얼마 되지 않은 지우개가 없어지더니, 다음 날 새카맣게 되어 바닥에 나뒹굴곤 했다. 그런 경험은 처음이었다.

　혼란스럽고 두려웠다.

　담임 선생님은 툭하면 화를 내는 할머니여서 의지가 되지 않았다. 하지만 다른 아이들은 개의치 않고 나를 받아주었다. 그렇게 쉬는 시간이나 방과 후에 함께 놀다 보니 몇 명의 친구가 생겼다. 내가 노력해서 얻은 결과였다.

　'모두가 아니어도 좋아. 몇 명만 있으면 돼.'

　그러다 보니 어느새 수질이 변하듯 조금씩 아이들의 의식이 변하더니, 반 전체가 '나의 존재감'을 받아들였다. 평안한 날들이 이어지니 거짓말도 필요 없었고 극복해야 할 무엇도 없어졌다. 하지만 사쌍은 당시 전학 온 지 얼마 되지 않아 분명 나와 같은 어려움을 겪고 있을 것이었다.

'동족'이라는 관계로 표현하면 맞을까. 아무튼 나는 할머니의 딸기밭을 사쌍과 나누기로 결심했다.

딸기는 봄이 주는 보약이다.

입에 넣으면 사쌍은 딸기가 된다.

달고 부드럽고 향긋한 내음이 난다.

세상에 스며드는 그 순간부터 쭈욱 여기에 머물러도 좋아.

사쌍을 딸기밭에 부른 지 이틀이 지난 저녁 무렵, 주방에 있던 엄마가 "마리짱, 이리 와봐" 하고 불렀다. 엄마 옆에는 할머니가 있었다.

"할머니가 오늘 밭에서 딸기를 먹고 있는 여자애를 봤대. 누구냐고 물으니 마리짱이 며칠 전에 데리고 온, 이사 온 애였다던데. 그 애가 마리짱이 딸기가 먹고 싶으면 와서 먹어도 된다고 해서 먹었다고 했다는데, 맞아?"

나는 고개를 끄덕였다.

엄마와 할머니는 서로 마주 보았다.

나는 그것이 난처한 일이 될 수 있다는 사실을 그때까지 생각하지 못했다.

"안 되는 거야?"

할머니는 나를 보고 딱 잘라 말했다.

"괜찮아. 마리짱이 그렇게 약속했다면 됐어."

그 후 사짱과는 몇 번 더 어울렸고, 자연스럽게 소원해졌다.

나는 2년 후에 다시 이사를 해서 새로운 곳에 적응해 나갔다. 하지만 열두 살이 된 나는 이제 능숙하게 '연기' 할 수 없었다.

자의식이 강해지는 시기에 들어선 탓일까.

이곳의 무대는 '어떤 설정' 하에 움직이는 것일까.

그런 것을 너무 의식하다 보니 다른 사람 앞에서 어색해졌다.

사람과의 거리를 얼마나 두어야 할지 몰랐다.

피부가 얇아진 느낌이었다.

어떤 것이 닿아도 아팠다.

봄이 왔고 딸기는 여전히 맛이 있었지만, 나의 마음은 계속 아파서 세상의 좋은 것을 그대로 받아들이지 못했다.

'나이가 들면 좀 더 둔감해져서 사는 게 쉬워질까. 하지만 그러면 살아있다고 할 수 있을까. 그렇게 둔감해지면서까지 산다는 것은 의미가 있을까.'

그날의 일기에 적었다.

그 질문에 답을 할 때가 되었다고 생각한다.

둔감해졌냐고 묻는다면 '그렇다'고 말하고 싶다.

살아가기 편해졌냐는 질문에도 마찬가지다.

그리고 감사하게도, 그래도 산다는 것은 의미가 있느냐는 질문에 나는 '네'라는 답을 할 수 있다. 이유는 한마디로 설명할 수 없다.

삶은 살아보지 않으면 알 수 없는 것투성이였고, 모르던 것을 깨달으며 강해졌다. 그것을 둔감해진 것이라고 말한다면 그것도 맞는 말이다.

하지만 덕분에 지금은 타인과의 견고한 관계를 원

221

하게 되었고, 힘들어도 나의 힘으로 주변의 상황을 조금씩 바꿔 갈 수 있게 되었다. 그러므로 나는 앞으로도 계속 살아갈 것이고, 세상에 속하길 원한다고 말할 수 있다.

　신기하게도 일을 시작하고 나서 친해진 사람들은 전학을 경험한 사람들이 많았다. 왜 그럴까. 전학생의 냄새라는 것은 이미 우리들의 몸에서 사라졌을 텐데.

소꿉놀이

결혼하고부터 벚꽃놀이는 가까운 공원으로 다녔다.

지난 20년 사이에 수차례 이사를 했지만, 그때마다 남편이 멋진 벚꽃이 있는 근처 공원을 어느새 찾아오기 때문에 어디로 이사를 할까 망설일 필요가 없었다. 스무 살이 된 아들은 이제 참여하지 않기에, 부부 둘만의 꽃놀이로 남았다.

벚꽃놀이 준비는 남편이 하는데, 공원 가는 길에 있는 초밥집에 전날 전화를 걸어 도시락을 2인분 예약해둔다. 정리함에서 옛날 캠핑할 때 쓰던 접이식 의자 두 개와 간이 테이블을 꺼내 청주 한 병과 술잔 두 개와 함께 에코백에 챙겨둔다.

일요일인 오늘, 때마침 맑게 개어서 점심 직전에 집을 나섰다.

도중에 초밥을 찾아 가방을 흔들면서 목적지인 공원까지 걸어갔다.

스무 그루가량 늘어선 왕벚나무는 아직 반만 피었지만, 주변은 이미 돗자리를 펼치고 연회를 시작한 사람들로 가득 차서 우리는 잠시 자리를 찾아 서성거렸다. 너무 습한 그늘은 싫었고, 쓰레기장 옆도 꺼려져서 주위를 빙빙 돌다가 사방 2미터 정도의 마른 잔디를 발견해 물건을 내려놓고 테이블과 의자를 펼쳐놓았다.

각자 초밥을 풀어 놓고 남편이 두 개의 술잔에 술을 따랐다. 남편 것은 프리마켓에서 산 작은 칠기였고, 내것은 대학 시절부터 가지고 있던 무민 캐릭터가 그려진 작은 머그잔이었다. 자그마한 것이 청주 잔으로 딱 어울렸다.

"아무튼 다행이네. 올해도 건강하게 꽃구경을 할 수 있어서."

내가 말을 꺼냈다.

"그렇지. 축하해."

남편은 기쁜 듯이 먼저 술을 마셨다.

"여기 초밥집 말이야. 진짜 대나무를 써서 좋아. 그런데 뭔가 거친 느낌이 나네. 가장자리가 하얗고. 이 공원에서 캔 거 아닐까."

"그럴지도 모르지."

"오늘은 춥네. 벚꽃놀이에 나올 때마다 매년 느끼는 거지만."

"그렇지."

부부의 대화는 조금 싱겁다.

보이는 대로, 생각나는 대로 얘기를 한다.

상대는 기껏해야 '그렇지'라든가, '그런가' 하고 맞장구를 칠 뿐이다.

새들이 서로 지저귀고 있는 모습과 다름없다.

남편이 내 등 뒤에 있는 벚나무의 줄기를 보면서 말했다.

"어떻게 저런 곳에서 벚꽃이 피는 걸까."

뒤를 돌아보니 검은 나무껍질에서 5센티가량의 초록색 줄기가 불쑥 솟아 나와 있고, 그 끝에 벚꽃 한 송이가 피어 있었다.

"아, 이거. 당신 등에도 있잖아. 가늘고 긴 털이 가끔 있던데 그것과 비슷한걸."

"그런가."

이 대화는 분명 작년에도, 그전에도, 훨씬 전에도 했
었다.

내년에도 벚꽃놀이를 한다면 반복될 확률은 거의
100%라고 생각한다.

하늘은 파랗고 벚꽃은 연분홍이며 술도 돌기 시작해
저마다의 생각이 그 무엇에도 방해받지 않고 예년처럼
똑같은 순서로 돌고 있었다.

"벚꽃은 어쩜 저렇게 예쁘고 아련한 빛일까?"

남편이 믿을 수 없다는 듯이 중얼거렸다.

아마 스무 번째 듣는 것 같다.

"그렇지?"라며 내가 답했다.

나의 초밥 도시락에 든 열두 개의 초밥이 어느새 반
으로 줄었다.

"초밥은 귀여워. 하나하나가 센티멘트라고 할까, 포
에지라고 할까, 아무튼 그런 것 같아."

내 입에서 외국어가 나오는 걸 보니 나도 술에 취했

나 보다.

초밥은 작고 아담했다. 참치는 빨갛고 계란말이는 노랗고 새우는 분홍색이니 역시 대나무 잎을 깐 것은 탁월한 선택이었다. 예뻤다.

초밥의 색깔에 들떠서 나는 평소에 잘 하지 않던 이야기를 꺼냈다.

"나 요즘 행복해서 언제 죽어도 괜찮겠다는 생각이 들어. 물론 죽고 싶은 건 아니지만. 세이지도 다 키웠고."

남편은 고개를 끄덕였다.

"그건 행복하다는 뜻이지. 사실 나도 그래."

그 말을 들으니 20년 전에 남편과 다퉜던 기억이 났다. 다퉜다기보다는 내가 일방적으로 남편에게 화를 낸 것이었다.

아들이 태어난 지 반년이 지났을 무렵, 저녁 식사 반주로 기분 좋게 취한 남편이 말했다.

"난 너무 오래 살지 않고 적당히 살다가 죽을 거니까, 오케이!"

나는 가슴이 철렁하고 내려앉았다.

나와의 결혼과 아들의 탄생이 그에게 어떤 의미라는 것인가.

가족이 생겼는데 행복하지 않은 것일까.

무책임도 정도가 있다고 따졌다. 지금 생각하면 남편은 그때 "지금 행복하니 언제 죽어도 좋아"라고 말하고 싶었는지도 모른다.

갓난아이를 키워야 하는 책임을 잊게 만들 정도로 기분이 좋았는지도.

또 다른 기억은 결혼한 지 얼마 되지 않았을 무렵의 일이다. 우리가 사는 작은 아파트에 놀러 온 나이 많은 친척 어른이 집을 둘러보면서 말했다.

"꼭 소꿉놀이 같네."

나는 그 말에 담긴 빈정거림을 받아들이고 싶지 않아서 얼른 "그렇죠. 소꿉놀이도 재밌어요"라고 대답했다.

남편도 나도 오랫동안 혼자 살아온 시간이 있었으니 살림을 할 줄 몰라서가 아니었다. 단지, 집안 여기저기에서 취향과 재미를 추구하는 우리의 공통점이 다른 이에게는 '소꿉놀이'로 보일 수도 있었을 것이다. 지금도 그것은 별로 달라지지 않았다.

오히려 그때보다 더욱 기세를 떨치며 '소꿉놀이'는 늘어가는 중이다.

뜨개 일을 시작하게 된 나는 특별한 일이 없는 주말이면 집에서 일을 한다.

그 모습을 보고 남편은 주말 아침이 되면 일찍 일어나 자전거를 타고 생필품과 식재료를 사 온다. 감사한 마음이 들어 고맙다고 하니 남편은 멋쩍은 표정으로 대답했다.

"내가 간 게 아냐. '난쟁이'가 갔지."

이 무슨 되지도 않는 소리를.

"음… 난쟁이?"

나는 물었다.

"몇 명 있는데?"

"… 좀 많아."

"백설공주네 정도 되는 건가? 예닐곱 명?"

"그치."

"난쟁이는 어디에 살고 있는데?"

"……"

"알아. 거기 모퉁이 보호 수림의 여우 동상이 있는 근처잖아."

"맞아."

"키는 얼마나 돼?"

"이 정도." 남편은 자신의 무릎 근처를 가리켰다.

"음, 그러면 60센티 정도겠네. 그에 비해 힘은 세네. 오늘은 생수 페트병을 8개나 사 온 걸 보니."

"그 정도로 힘이 세지."

"알아. 난쟁이는 자전거 앞쪽 바구니와 뒤쪽 바구니에 두 명씩 목말을 타고 있잖아. 양쪽 겨드랑이에 생수를 하나씩 끼고. 이렇게 우뚝 선 채로 말이지."

"잘 아네."

"나머지 두 명은 자전거를 굴리는 역할이지만 안장에 앉으면 페달에 다리가 닿지 않아. 그래서 둘이 한 조가 되어 안장의 양옆을 잡고 시소처럼 번갈아 페달을 밟는 거야."

"아, 그렇구나."

그날부터 우리 집에는 '예닐곱의 난쟁이들'이 드나

들게 되었다. 일요일마다 욕조를 닦거나 보호 수림의 커다란 나무 구멍에 고인 술(샤오싱주를 닮은 맛이다)을 떠서 병에 담아 갖다주기도 했다.

초밥 도시락은 깨끗이 비워졌다.

내가 몰래 가져온 '한라봉'을 한 개 꺼내자 남편은 깜짝 놀라는 얼굴이었다. 과즙이 풍부한 감귤을 반씩 나눠 배를 채우고는, 역시 춥구나, 하면서 우리는 각자의 오후를 보내기 위해 일단 헤어졌다.

나는 구립 미술관으로 가서 프랑스 아르데코 유리공예 전시를 관람했다. 아름다운 '빈' 꽃병을 한참 감상하다 보니 꽃꽂이를 하고 싶다는 충동이 들어 돌아오는 길에 꽃집에 들러 500엔을 주고 조팝나무꽃 가지를 샀다.

집에 돌아와 바로 주방으로 가서 가지를 잘라 나누니 의외로 부피가 커서 세 개의 꽃병에 나눠 꽂았다. 희고 작은 꽃과 짙은 녹색의 잎사귀가 만드는 자잘한 그림자가 서로 포개졌다. 그 주위로 서늘하고 촉촉한 기운이 느껴져 꽃잎이 떨어지지 않게 조심하며 얼굴을 가까이 가져갔다. 희미한 풀 내음이 났다.

　옆 방에서는 좌식 의자에 앉은 남편이 텔레비전으로 야구를 보고 있었다. 남편은 공원에서 돌아오는 길에 도시락통을 반납하려고 초밥집에 들렀다가 카운터에 앉아 전어를 주문해 술 한 잔과 함께 먹고 돌아왔다는 것이다.

　일요일 오후에는 난쟁이는 오지 않는다. 그렇게 정해져 있다. 지금 그들은 자기들의 아늑한 거실에서 난쟁이 야구를 보면서 난쟁이 맥주를 마시고 있을 것이다.

뜨개 작가

처음으로 물건을 팔아 번 돈은 2만 몇천 엔 정도였던 것으로 기억한다.

몇 장씩의 행주와 냄비집게, 앞치마였는데, 동생이 근무하는 레스토랑의 계산대 앞에 진열해둔 것이었다. 감사하게도 2, 3일 안에 순조롭게 팔려 나갔지만, 내가 손님을 만날 기회가 되지 않아 물건을 사준 사람들의 얼굴은 보지 못했다. 대신 손님을 맞았던 동생이 매일 저녁이 되면 전화를 해서 '이런 사람들이 이런 말을 하면서 사 갔다'라는 식으로 보고해 주었다.

나는 한마디도 놓치지 않으려고 수화기를 귀에 바짝 대고 들었다. 기쁨에 뱃속이 따뜻해지는 것 같은 기분이 들었다.

나중에 동생이 돈을 건네주었다.

이것은 그 행주나 앞치마의 대가로 한 사람씩 지갑을

열어서 건네준 돈이 아닌가. 이 얼마나 유래가 확실한
돈인가. 그때까지 시급으로 일한 적은 있었지만, 월급
이란 매달 25일이 되면 은행 계좌에 입력되는, 지각할
수 없는 필터를 몇 단계 거친 추상적인 숫자에 지나지
않았다. 그에 비하면 이 2만 몇천 엔에는 전혀 질이 다
른 생생한 존재감이 있었다.

　내가 만든 물건에는 뭔가 애교 같은 것이 있어서 손
님들이 귀엽다고 말해주고 사주는 것 같았다. 하지만
기술적인 면에서는 매우 아마추어임을 나 자신이 가장
잘 알고 있었다. 행주의 가장자리를 세 번 접어서 재봉
틀로 박았는데, 그 박음질 선은 비뚤비뚤했고 때로는
지나가야 할 선을 벗어나기도 했다.

　일단 실을 끊고 다시 돌아가 고쳐 보려고 하다 보니
재봉선이 겹쳤다. 서투른 데에도 정도가 있지. 나는 그
것들을 팔려고 내놓았고, 실제로 팔려 나간 것이다. 이
제 와 고민해도 소용없는 일인지라, 사용하면서 뭔가
곤란한 일이 일어나지 않기만을 바랄 뿐이었다.

그렇다고는 해도, 나는 낙천적 기질을 타고난 덕분인
지 다른 사람이 사주었다는 사실에 확실히 용기를 얻
었다. 상품을 만들자고 결심한 후에는 내 입으로 주변
에도 널리 알렸다. 부족하더라도 그렇게 말하다 보면
점점 그럴듯해질지도 모른다고 생각했다.

만들고 싶은 아이디어는 얼마든지 떠올랐고, 그것을
형태로 완성해 가는 것이 즐거웠다. '만드는' 일이 중심
이 되어 하루가 굴러가기 시작하자 시간을 내서 부지
런히 손을 움직였다. 만들기 전에 기도하는 습관이 어
느새 자리를 잡았다. 모두에게 위안이 되는 아름다운
물건으로 세상에 도움이 될 수 있기를 바랐다.

항상 작업장에 앉아 눈을 감고 간략한 기도를 드리는
정도여서, 특정 종교성이 깃든 것은 아니었다. 다만 기
도를 하면 내가 가진 능력 이상의 힘과 '남에게 줄 물건
을 만드는 정신자세'와 같은 것을 가질 수 있다고 생각
했다.

처음에는 봉제품밖에 없었지만, 시험 삼아 뜬 장갑이
기대 이상으로 호평을 받았기 때문에 판매를 시작한

지 2년째부터는 과감하게 손뜨개로 전환을 했다. 전시 판매 장소는 지인이 경영하는 찻집이나 영업시간이 아 닌 시간에 바를 빌려서 사용했다. 나중에는 더 넓은 장 소가 필요해져서 지인에게 갤러리를 소개받았다. 전시 기간도 일 년에 한 번, 추운 계절에 일주일 정도로 정해 졌다.

매일 뜨개를 하니 많은 물건이 만들어졌다.

제작할 작품 수를 정해놓지는 않았지만, 소품과 스웨 터를 합쳐서 일 년에 90점 전후의 뜨개품이 쌓였다. 전 시 일주일 전부터 남편의 도움을 받으면서 제품 체크와 가격표를 붙이고, 출품 수와 가격을 적은 간단한 표를 준비했다. 바로 전날에는 대여한 장소에 가서 작품을 진 열했다.

그날 밤은 조금 일찍 잠자리에 들었다.

그리고 첫날 아침은 다른 어떤 아침과도 달랐다.

눈을 떴다.

'드디어 오늘이 왔구나.' 나는 깊게 숨을 내쉬었다.

주변이 밝았다. 뭔가 살랑거리는 기운이 내 잠자리
주위를 에워쌌다. 말로 표현하기는 어렵지만, 굳이 말
하자면 그 기운은 '드디어 오늘이야'라고 속삭이고 있
었다. '축하해'라고도 말했다. 나는 몸을 일으켜 바른
자세로 앉아 "고마워"라고 대답했다.

이상한 일은 그 후에도 계속 일어났다.
전시회장에 가기 위해 전철을 타려고 하면 자동 개찰
구를 통과하지 못하는 경우가 종종 있었다. '삐' 하는
전자음이 나면서 작은 막대가 내려와 앞을 막았다. 당
황해서 유인 개찰구로 갔다. 처음에는 자석 때문에 그
런가 보다 생각했다. 아니면 긴장해서 전철표를 움켜쥐
어서 그런가 싶기도 했다. 하지만 몇 년 동안 그런 일이
계속되자 전시장에 오는 게 나 혼자는 아닐지도 모른
다는 생각이 들었다. 내 일을 도와주는 눈에 보이지 않
는 누군가가, 그 무엇이 축제를 즐기는 기분으로 따라
와 주는 것은 아니었을까.
틀림없이 그랬다.
그렇게 생각하는 편이 즐거웠다.

전시판매를 시작한 지 10년이 지나자 이 일을 일단락 지어야 한다는 생각이 들었다. 다른 일을 해보고 싶었다. 전시 마지막 날 밤, 갤러리의 주인이 그해의 판매액을 계산한 후에 나에게 물었다.

"자, 송금이 좋아? 아니면 현금이 좋아?"

나의 대답은 언제나 같았다.

"현금으로 부탁합니다."

주인은 끄덕이면서 돈을 가지고 와 두 번 세어 보더니 명세서와 함께 흰 봉투에 넣어 건네주었다.

"밤도 늦었으니 조심해."

나는 손바닥에 놓인 봉투를 가만히 내려다보았다. 내가 살아서 무언가를 계획하고, 만들고, 사람들로부터 인정받은 증거가 두툼하고 묵직하게 숨을 쉬고 있었다. 나는 봉투를 가방에 넣고 감사하다고 말했다. 헤어지기 전에 서로 새해 인사를 나누고 보니 오늘이 25일이었다는 생각에 "메리 크리스마스"도 덧붙였다.

크리스마스 밤의 전철은 매우 혼잡해서 나는 한 손으

로 전철 손잡이를 잡고 다른 한 손으로는 봉투가 든 가방을 둥글게 말아 가슴에 끌어안았다. 90분이 걸려 가스카베역에 도착하자 갑자기 승객수가 훅 줄었다.

11시 반. 아들도 남편도 잠들었을 시각이었다.

집까지 15분 정도의 거리를 걸었다.

옛 닛코카이도를 가로지르며, 이 길이 '공갈협박 거리'로도 불린다는 사실이 생각났다. 마침내 셔터가 내려간 좁은 거리를 지나 후루토네 강에 놓인 긴 다리에 다다랐다. 다리 위는 코로 숨을 쉴 수 없을 만큼 세찬 바람이 불어서 소지품들이 다 날아갈 것 같았다. 빠른 걸음으로 나아가면서 강을 내려다보니 비로소 어둠을 인식할 수 있었다. 나에게 지금 무슨 일이 일어나도 목격자가 없겠다는 생각이 들었다. 하지만 마음 한구석에서 그런 일은 일어나지 않을 거라고 속삭였다.

적어도 지금은 나를 지켜주는 무엇이 있었다.

집으로 돌아가는 나는 혼자가 아니었다.

버섯 캐기

　　소나무숲 갓길에 차를 세우고 엄마와 이웃 아주머니, 유치원에 다니는 동생과 나는 차에서 내렸다. 각자의 손에는 슈퍼 비닐봉지가 하나씩 들려 있었다. 우리는 '기다케'라고 하는 아주 귀하고 굉장히 맛있는 버섯을 캐러 온 것이었다. 10월 중순부터 하순에 걸쳐 며칠 사이에만 소나무 밑에 자라는 것이어서, 시기를 놓치면 다음 해까지 기다려야 한다. 그런 탓인지 모두가 단단히 각오를 한 모습이었다.

　　우리는 덤불 사이를 지나 어두컴컴한 숲속으로 들어가 태풍이 지나간 후에 두툼하게 쌓인 솔잎을 밟으며 나아갔다. 걸어가면서 앞에 있는 소나무의 뿌리 주변을 살펴보았지만, 기다케는 쉽게 발견되지 않았다. 귀한 품종이어서 함부로 모습을 드러내지 않는다.

　　나는 뻣뻣하고 노랗고 솔향기가 나는 그 버섯의 가장

큰 무리를 발견하는 것이 나였으면 좋겠다고 생각했다.

일단 이정표가 되어줄 한 개를 찾아내는 것이 기다케 채취의 요령이다.

솔잎 층이 불룩하게 솟아오른 곳을 의심해야 한다.

그런 모습을 발견하면 눈을 떼지 말고 재빨리 다가가다가, 1미터 근처까지 가면 더 이상의 땅을 발로 밟아서는 안 된다. 하나가 자라고 있다면 주위에는 틀림없이 몇 개에서 수십 개의 무리가 있기 때문이다.

3센티 정도 솟은 솔잎 더미 아래, 젖어서 윤기가 흐르는 노란 '우산'을 발견했다. 나는 멀찌감치 쭈그리고 앉았다. 그대로 낮은 목소리로 모두를 불렀다.

"여기야, 여기. 와 봐."

어디 어디, 하고 흩어졌던 세 사람이 모여들었다. 어른들이 오기 전까지는 아무것도 만지지 말라는 지시를 받았다. 엄마는 내가 가리키는 솔잎을 천천히 들어 올려 그것이 진짜 기다케라는 것을 확인했다. 거기서부터 모두가 직경 1미터가 넘는 면적을 에워싸고 발 앞의 솔잎부터 조금씩 들어 올렸다. 하얀 모래 여기저기에 흩어져 있는 무리 전체가 드러났다. 우산이 펼쳐진 커다란 기다케는 모래 바닥을 지탱해서 5, 6센티 키로 버티고 서 있었다. 땅딸막한 마트료시카 인형처럼 자그마한 것은 몸의 절반을 모래밭에 숨기고 있었다.

아주 작은 '아기 기다케'는 그대로 두었다. 그것들은 충분히 자라면 내년에 다시 이곳에 무리를 지을 것이다. 우리는 어느 정도 자란 기다케만 캐고 솔잎을 살짝 다시 덮었다.

균류인 버섯은 식물이라기보다는 동물에 가깝다는 내용을 예전에 책에서 읽은 적이 있다.

확실히 기다케의 추억에 관해 쓰려고 하니 아무래도 인간의 모습에 비유하게 된다. 그래서 한편으로 버섯 캐기는 잔인하다는 생각도 든다.

하지만 그 점은 인간이 피할 수 없는 딜레마이기도 하다. 어쨌든 나는 태어나 처음으로 내 손으로 내가 먹을 것을, 기다케를 캤다. 어른이 된 기분이었다. 엄마가 그날 저녁 된장국에 내가 딴 기다케를 넣어주었다. 그것을 먹고 나는 조금 기다케가 되었고, 동시에 기다케도 내가 되었을 것이다. 나는 다음 날 기다케에 관해 완전히 잊고서 유치원의 모래밭에서 놀았다. 버섯은 모습을 바꿔서 다시 살아간다. 하나의 생명이 다른 생명으로 옮겨 간 것이다.

소나무숲은 그런 현상의 쇼케이스였다.

숲의 후미진 곳에 소나무가 없는 봉긋한 언덕이 있었다.

"저건 뭐야?"

엄마에게 물었다.

"저건 말의 무덤이야. 밭에서 일하던 말이 죽어서 묻힌 곳이야."

그 작은 언덕에는 나무가 없어서 해가 수직으로 비쳤다. 그곳에 쪼그리고 앉으니 땅에서 자라나는 다양한 생명이 세밀하게 보였다. 노란색에서 짙은 빨간색으로 물든 옻나무 싹이며 어린아이 손바닥 정도의 미니어처 소나무, 지의류와 그 위를 기어다니는 달팽이, 쓰러진 나무 속을 들락거리는 공벌레. 밝은색의 이끼에서는 팽이버섯 무리가 자라나 흔들리고 있었다.

모두가 이곳에 묻힌 말의 환생이며, 그 환생의 또 환생이다. 아, 예뻐라.

쪼그리고 앉아 하염없이 보다 보니 해가 저물고 바람이 불었다. 모두의 목소리가 들리지 않는 것을 깨달았다. 조금 전까지 하늘을 빙빙 돌던 솔개의 모습도 보이지 않았다.

어른들은 어디로 갔을까?

발밑의 무덤이 무섭게 느껴졌다.

모두 가 버렸다면, 나도 무덤 속으로 빨려 들어갈 수 있어. 버섯에게 먹힐거야.

달리기 시작했다.

저 멀리 세 사람의 뒷모습이 보였다.

수다를 떠는 아주머니와 엄마, 그들의 손을 꼭 잡은 동생. 그 모습을 노려보면서 죽음의 길에서 허우적허우적 달렸다. 낮게 뻗은 소나무의 마른 가지가 나의 입으로 파고들었다. 뿌리치려고 버둥거리다가 입속을 베었다. 그 아픔 때문에 나를 압도하던 두려움이 갑자기 분노로 변했다. 여기가 얼마나 무서운 장소인지도 모르

고…! 나를 버려두다니, 모두 바보야!'

　나는 울었다.

　세 사람은 뒤를 돌아보더니 나를 보고 어이가 없다는 듯 웃었다.

　그렇게 나는 버섯이 되지 않았고, 저녁밥으로 기다케 된장국을 맛있게 먹을 수 있었다.

뱀

맑은 날이면 30분 거리에 있는 샤쿠지공원까지 산책을 나간다.

해가 높을 때는 뱀을 보는 경우가 있다.

나무들이 가지를 뻗는 어두컴컴한 연못가를 줄무늬 뱀이 스르르 기어간다. 드문 일이지만 놀랍게 크고 긴 아오다이쇼(일본 고유종의 뱀으로 일본 본토에서 가장 크다 - 옮긴이)를 만나기도 한다. 지나가는 사람들이 고독한 행진을 이어가는 한 생명체를 살며시 손가락으로 가리키면서 낮은 목소리로 뱀이 있음을 서로 알려주며 지켜보고 있었다.

나도 멈춰서 바라보았다.

매끄럽고 느릿한 동작이 오싹했다.

무엇보다 그 얼굴이 무서웠다.

엄마가 예전에 독사의 머리는 삼각형이니 삼각 머리가 아닌 뱀은 괜찮다고 알려주었지만, 뱀의 머리는 어떤 형태라도 다 무서웠다. 동시에 저렇게 두려움을 준다는 것도 어느 면에서는 대단하다는 생각이 들었다.

이렇게 다가가기 힘들고, 알 수 없는 경외감마저 드는 생명체는 다시 없을 것이다. 나는 뱀이 무섭지만 싫어하는 것은 아닐지도 모른다.

어렸을 때는 뱀이 싫었다.

싫어한다는 것은 곧 일상적으로 마주칠 기회가 있었다는 뜻인데, 우리 집 주변에서는 따뜻한 계절이면 뱀을 자주 볼 수 있었다. 근처에 있는 절의 덤불에서 살고 있다가 이따금 콘크리트 벽을 넘어서 우리 집 마당까지 나와 일광욕을 하곤 했다.

더운 날에는 정원의 작은 연못에서 헤엄을 치고 있었다. 가지치기한 잔가지 위에서 똬리를 틀고 있기도 했다.

마당에서 소꿉놀이를 하는 나에게 그것들은 매우 곤란한 존재였다. "뱀이다!" 하고 재빨리 뛰어가 어른들에게 알리면 조부모님들은 웃으며 나를 달래주었다.

"저것들은 겁쟁이여서 이쪽에서 신경 쓰지 않으면

도망갈 거다."

믿을 수 없었다.

뱀이 언제 나를 쫓아와서 덥석 손을 물지 모르는 일이다. 게다가 나보다 훨씬 길어서 나를 잡아채 둘둘 말아 죽일 수도 있었다.

당시에 우리 집 안뜰 잔디밭에는 지름 3, 4센티 정도의 구멍이 하나 있었는데, 나는 그것을 뱀이 나오는 구멍이 아닐까 의심했다. 무섭다는 감정에는 저항할 수 없는 인력이 작용한다.

날씨가 좋던 어느 한낮, 아직 유치원도 다니지 않던 어린 나는 구멍 앞에 쪼그리고 앉아 안을 들여다보며 한참을 기다렸다.

"뱀이 나올까⋯."

그러자 아니나 다를까, 그 작은 얼굴이 쏙 나왔다.

구멍에서 4, 5센티 정도의 길이만큼 몸을 내밀고 혀를 날름거렸다.

나는 솟구치듯 놀라 집으로 도망쳤다.

아마 난리가 난 듯이 어른들에게 알렸을 것이다. 그래서인지는 몰라도, 얼마 지나지 않아 구멍이 있던 곳에 수영장 감시원이 사용할 만한 파라솔 기둥이 세워졌다.

나는 안심했다. 이제 구멍은 없어졌다.

니가타의 뜨거운 햇볕을 가리는 파라솔 아래에서 나는 엄마와 동생과 함께 점심밥을 먹고, 다시 소꿉놀이에 빠져들었다.

아무리 그래도 구멍을 막아버리다니, 만일 진짜 그 밑에 뱀들이 살고 있었다면 정말 가혹한 처사가 아닌가. 그들이 땅속에서 새 구멍을 파서 땅 위로 빠져나갔기를 바랄 수밖에 없다.

구멍은 원래 가족 중 누군가가 파라솔을 세우려고 만들어놓은 것일 수도 있었다.

지금은 그렇게 생각하고 있다.

그 뱀은 나의 공포가 만든 허구였음이 틀림없다. 내가 뱀이라면 인간의 아이가 위에서 내려다보는데 굳이 밖으로 나올 리가 없을 테니까.

불행의 편지

인터넷도 없고 개인정보를 보호한다는 말도 목청껏 외쳐대지 않던 시절에 잡지(그중에서도 주로 하이틴을 위한 소녀잡지)의 뒤편에 있는 흑백 면에는 펜팔 상대를 모집하는 '펜팔코너'라는 것이 있었다.

초등학교 6학년 2학기가 되자 나는 애독하던 잡지의 그 '코너'에 응모해서 운 좋게도 단번에 채택이 되었다.

취미가 음악이나 독서, 피아노 등이라는 자기소개를 주소, 이름과 함께 써서 올려야 했다.

"취미가 맞는 분과 편지로 즐겁게 이야기 나눠요."

얼마 지나지 않아 국내의 여기저기에서 편지가 날아들었다.

열두 살 시골 아이에게는 한마디로 기적과 같은 경험이었다.

내가 모르는 드넓은 세상이 진짜 존재하고, 그중에 나와 다양한 이야기를 나누고 싶은 사람도 있었다. 그들이 나의 부름에 호응한다는 사실을 우편함에 도착하는 편지가 증명했다.

나는 모든 편지를 검토한 뒤에 펜팔 상대를 결정하려고 속속 도착하는 편지를 책상에 쌓아두고 차분히 비교하며 읽어 나갔다.

그러다가 한 통의 편지에 시선이 멈췄다. 뒷면에 발신인의 이름이 적혀 있지 않았다. 열어보니 팬시용품점에서 산 편지지 한 장에 숨 막힐 듯한 작은 글씨가 스무 줄가량 빼곡히 줄지어 쓰여 있었다. 첫째 줄에 '이것은 불행의 편지입니다'라고 밝히고 있어서 어떤 내용인지 대략 파악할 수 있었다.

요약하면 다음과 같았다.

'일주일 이내에 7명에게 이것과 똑같은 편지를 보내세요. 그렇지 않으면 당신은 7년 이내에 죽을 것입니다.'

나는 순간 머릿속으로 내 나이에 7을 더해 보았다.

19살인가.

19살에 죽는다니, 그때까지 뭔가 아주 멋진 일이, 이제 죽어도 좋다고 생각될 만큼 멋진 일이 나에게 일어날까.

모르겠다.

 조금 전에 엄마에게 "마리짱이 원한다면 대학에 보내주고 싶다고 아빠와 얘기했어"라고 들었지만, 내가 죽어버린다면 아무리 공부해도 소용이 없는 일이지 않은가.

 하지만 편지가 시키는 대로 7명에게 불행의 편지를 써서 부칠 생각은 나지 않았다. 보지도 못한 누군가가 나에게 그런 지시를 하는 것이 싫어서 참을 수 없었다.

 이 편지를 그대로 따라 쓰다 보면 정체 모를 불쾌한 것이 착 달라붙어서 내가 아닌 무엇이 되어버릴 것 같았다.

 다음 날 학교에서 평소 의지하던 친구에게 편지에 관해 털어놓았다.

 머리가 무척 좋던 그 아이는 "우체국에 돌려주는 건 어때?"라고 제안해 주었다.

 "그런 방법이 있었구나!" 용기를 얻은 나는 마을 밖의 작은 우체국으로 친구와 함께 자전거를 타고 갔다.

 창구에 있는 아주머니에게 사정을 말하자 그런 일이 있었냐고 조금 놀란 얼굴을 했지만, 이내 곤란하다는 표정으로 말했다.

"개봉하지 않았으면 반송할 수 있는데, 일단 개봉한 편지는 다시 돌려줄 수 없어."

나는 그녀의 동정 어린 목소리를 들으며 여러 면에서 너무 일방적이라고 생각했다.

사정이 통하지 않음에 분노를 느끼다가, 내가 세상을 모르는 어린아이였다는 수치심이 더해져 목구멍이 꽉 막혀왔다. 짧게 "알겠습니다"라며 고개를 숙였다.

아주머니는 진심으로 사과하듯 "미안해"라고 말했다.

우체국에서의 장면은 지금도 선명하게 떠오르지만, 그 후로 어떻게 했는지는 잘 기억나지 않는다.

하지만 그날로 '불행의 편지'는 내 손에서 사라졌다.

친구와 함께 집 뒤뜰에 있는 소각장에서 태웠을 수도 있고, 엄마가 가지고 가서 버려줬을 수도 있다.

신기하게도 편지라는 '사물 자체'가 없어지자 내용에 깃든 께름직함도 사라졌고, 계속되는 일상에 밀려 금세 잊어버렸다.

나는 초등학교를 졸업하고 (나름 즐겁기도 했고 힘들기도 했던) 중고등학교 시절을 거쳐 도쿄의 대학에 입학해서 자취생활을 시작했다.

19살이 되자마자 남자친구도 생겼고, 별다른 걱정거리 없이 도쿄 생활을 즐기며 스무 살을 맞이했다.

그 편지의 저주를 떠올린 적은 없었다.

그 후로 30년이 지나 현재 50세가 된 나는 말하자면 '불행의 편지 생존자'로서 그럭저럭 행복하게 살아남았다. 만일 그때 12살의 내가 불행의 편지를 써 보냈다면, 나는 내가 한 짓에 괴로워하며 조금 다른 길을 걸었을지도 모른다. 이제 와 드는 생각이다.

그 편지의 저주는 받는 사람보다도 쓰는 사람을 얽매는 것이라는 사실을 살아가면서 깨닫게 되었다.

이 이야기의 후일담으로 주제에서 다소 벗어난 에피소드가 있다.

19세 가을, 대학교의 게시판에서 낯익은 이름을 발견했다. 드문 이름이라 눈에 금방 띄었다.

일찍이 잡지의 펜팔로 인연을 맺어 몇 년간 편지를 주고받았던 여학생의 이름이었다.

나보다 한 살 위였던 그녀는 고등학교 3학년이 되면서 대학 입시를 위해 펜팔을 접어야겠다는 소식을 전해왔고, 그렇게 왕래가 끊겼다.

그리운 마음에 가지고 있던 주소로 '혹시 와세다 대학의 문학부에 입학하지 않았나요?'라는 내용의 엽서를 보냈다.

'맞아요. 나도 나가쓰 씨의 이름을 게시판에서 보았어요'라는 답장이 왔다.

이어서 '언젠가 학교 안에서 만날 기회가 있을지도 모르겠네요'라고 하면서 '그럼, 또'라고 끝을 맺었다.

그녀는 나를 만나지 않는 것이 좋다고 생각한 모양이었다. 몇 년 동안 마음을 터놓은 편지를 주고받은 사이였지만, 이제 와 다시 만난다는 것은 냉정하게 생각하면 부담스럽고 어려운 일이었다.

우리들은 제법 성숙한 여자가 되어 있었고, 소녀 시절의 펜팔 추억이란 쑥스러운 것이 되어버렸다.

그때 우리들의 펜팔은 진정한 의미로 끝을 맺었다.

하지만 지금도 나는 그녀가 가끔 생각나고, 잘 지내주기를 바란다.

그리고 그녀도 나를 그렇게 생각해 주고 있다는 생각이 든다.

작은 스웨터 뜨개 이야기

조금 독특한 일의 의뢰가 들어왔다.

내가 도움을 받고 있는 '호보니치'라는 회사에서 '스와치'를 작품으로 만들어달라는 요청을 해온 것이다. 호보니치가 올봄에 개최하는 '생활의 즐거움 전展'이라는 행사에서 액자에 걸어 전시판매하고 싶다는 내용이었다. 의뢰 메일에는 이렇게 적혀 있었다.

작가님이 만들어낸 작품을 집으로 들이는 기쁨에는 각별함이 있다고 생각합니다. 조금은 접근하기 어렵게 느껴지는 '예술품을 산다' '그림을 장식한다'는 일이 이번 전시판매를 통해 모두가 접할 수 있는 계기가 되면 좋지 않을까 하는 생각입니다. 그런 이유로 그림이나 작품을 사는 행위가 기쁜 일이 되기를 바라는 이번 기획에 함께 해주셨으면 하는 바람입니다.

이 기획은 나 외에도 여러 작가에게 의뢰 중이었는데, '호보니치'에 연고가 있는 일러스트레이터나 수예 작가의 이름이 4명 정도 거론되고 있었다. 마감은 3월 말, 작품은 5점에서 20점, 액자의 크기는 가로세로 14×18센티였다. 판매가격은 작품 한 점당 3만 엔이었고, 거기에서 수수료가 공제된다.

잠시 생각을 해보았다. 해볼까. 할 수 있을까.

초봄까지 마쳐야 하는 일들이 이미 꽉 차 있었다. 제작을 위한 시간을 내려면 조금은 무리를 해야 할 상황이었다. 하지만 메일을 읽으면서 이미 마음은 그쪽으로 기울어 있었다. 작품의 '전시판매'라는 단순히 사고파는 즐거움을 상상하니 거기에서 은은한 불빛 같은 것을 느낀 것이다.

내가 만든 것을 판매하지 않은 지는 벌써 꽤 되었다. 현재 나의 일은 주로 니트를 '디자인'하는 일이었고, 판매하는 것은 뜨개품이 아니라 '뜨개 도안'이었다. 그것은 뜨개를 위한 설계도였다. 물론 내가 정성을 다하는 중요한 일이었지만, 많은 니트로 태어날 설계도를 계획한다는 책임에서 벗어날 수 없는 일이었다. 실수가

있어서는 안 되고, 그래서 가벼운 마음으로 일을 즐길
수는 없었다. 만일 조금 더 편안하고 즐거운 마음으로
'무언가를 만들 수 있다면' 해보고 싶은 마음이 들었다.
　하지만 기획서에서 의뢰한 '스와치'를 보니 나에게
조금 부담이 되는 작업이 될 것 같았다. 아무리 작은 것
이라도 내걸 만한 아름다운 뜨개 작품을 고안해서 만
들어내는 작업은 상당히 어려운 일이었다. 신중한 일이
면서도 보람도 있는 일이니만큼 선뜻 가벼운 마음으로
덤벼들 수는 없었다.

　그래서 다시 한번 메일을 천천히 읽어보았다.
　액자의 크기는 가로세로 14×18센티였다. 역시 실제
로 착용할 물건의 크기는 아니었다. 모자는커녕 장갑
한쪽을 만들기에도 부족했다.
　……그렇다면, 작게 뜨면 되는 것이 아닌가, 하는 생
각이 들기까지는 오래 걸리지 않았다. 이즈음 나는 오
래된 인형을 조금씩 모으고 있었고, 그것들을 위해 작
은 옷을 뜨거나 꿰매면서 쉬는 날의 즐거움으로 삼고
있었다.

그것이다! 손바닥에 놓을 수 있을 크기의 스웨터나 카디건, 양말, 모자, 머플러 등을 뜨는 것은 나에게 놀이처럼 즐거운 일이었고, 액자에 장식해도 분명 귀여울 듯싶었다. 니트에 관심이 없는 사람들의 눈도 녹일 것이다.

그러한 생각을 쓱 써서 보내자 바로 '정말 좋은 계획입니다. 잘 부탁드려요'라는 답이 왔다.

저녁 식사를 마치고 나서 서둘러 일에 착수했다. 첫 작품으로 스키용 스웨터를 뜨자고 생각한 데에는 별다른 이유가 없다. 굳이 말하자면 너무 공들인 것보다는 대표적인 손뜨개 스웨터답게 정형적이고 감상하기에도 괜찮을 것 같다는 생각이 들었기 때문이다.

뜨개바늘을 담아둔 깡통에서 장갑용 짧은 바늘을 굵기별로 여덟 개 고르고, 섬세한 셰틀랜드 울 색실도 네다섯 가지 골라 고다쓰 위에 늘어놓는다.

부엌에서 물을 탄 위스키를 한 잔 가지고 와 옆에 놓는다. 방석을 반으로 접어 그 위에 걸터앉아 등을 펴고 자세를 가다듬는다. 위스키를 한 모금 마신다. 실을 가만히 바라보다가 하나를 집어서 코(시작코)를 만든다.

코의 수는 성인용 스웨터의 15% 정도로, 순식간에 기본 코가 완성된다. 타인에게 설명하기 위한 도안을 만들지 않아도 된다는 편안한 마음에 메모는 따로 하지 않는다. 밑단은 고무뜨기로 뜨고, 몸판은 단순한 무늬를 반복해서 뜬다. 가는 실을 사용해도 인형 크기의 스웨터를 뜨기에는 굵어서, 작은 편물에 어울리지 않는 큰 무늬가 들어가게 된 점이 오히려 재미있다. 소매를 위해 트임을 만들고, 어깨를 잇고, 옷깃을 고무뜨기로 뜬 뒤 소매에 무늬를 넣는다. 여기까지를 단숨에 끝낸다.

시계를 보니 한밤중이 지나 있다. 어느새 남편도 아들도 침실로 사라지고 없다. 위스키 잔이 비어 있다.

쿵 하고 쓰러지듯 벌렁 누워 손등으로 눈을 꾹 누른다. 너무 조용해서 이대로 잠들 것 같다.

천천히 일어나 부엌으로 가서 물을 탄 위스키를 한 잔 더 만들어 고다쓰로 돌아가 잠깐 쉰다. 거의 마무리 단계인 스웨터를 손바닥에 올려놓고 가만히 바라본다.

귀여운 것 같아. 꽤 귀엽다. 하지만 아직 완성은 아니다. 마무리가 남아 있다.

스웨터를 휙 뒤집어 부스스 얽힌 20여 개의 실밥을 손끝으로 정리한다. 그것들을 하나씩 돗바늘에 걸어 몸판의 안쪽에 꿰어 마무리한다. 실밥 가위로 몸판의 끝단에서 실을 자른다. 이것으로 일단은 완성이다. 다시 겉면으로 뒤집어 크기를 잰다. 액자 안에 들어갈 딱 알맞은 크기지만, 솔직히 위아래의 여백이 조금 남는 것이 마음에 걸린다. 여기에 모자나 머플러를 넣으면 더욱 마음에 들 것 같다.

많이 지쳤고, 남은 작업은 다음에 다시 해도 좋을 것이다. 하지만 내일 아침의 광경을 상상해본다. 탁자 위에 완성된 스웨터, 그와 세트인 모자가 있다면 어떨까….

그래, 지금 끝내자. 모자는 금방 뜰 수 있어.

다시 뜨개바늘을 들고 코를 만들어 세 개로 나눈다. 그 위로 영국식 고무뜨기를 해나가며 기대에 부푼 상상을 하기 시작한다. 이 장난감 같은 니트를 많이 만들어 순조롭게 팔린다면, 그 돈은 어디에 쓸까.

여름에 유럽에 가는 건 어떨까. 오랫동안 마음속에 품었던 여행 계획을 실행에 옮길 기회가 왔는지도 모른다. 아들을 데리고 영국이나 프랑스의 미술관 탐방을 하고 싶었다. 그림이나 아름다운 생활도구 같은 것을 무엇보다 좋아하는 아들이지만, 음식 알레르기가 있어서 해외 미술관을 가고 싶어도 좀처럼 가기 힘들었다. 사실 엄마와 함께 여행을 다닐 나이도 지났으니 친구들과 다니는 것이 좋겠지만, 식사 문제는 본인이 어떻게든 해결해야 할 문제였다. 한 번만이라도 가족과 함께 가면 말이 통하지 않는 곳에서 먹는 문제를 어떻게 해결해야 할지 함께 찾아낼 수 있지 않을까. 그러면 다음부터는 누구와 함께 가더라도 잘 헤쳐 나갈 수 있을 것이다.

나른해지기 시작하는 손을 움직이며 생각에 잠긴다.

조금 남았다. 털실 방울을 만들어 꼭대기에 달면 모자도 완성이다.

■

인형 제작
Sasha Luneva

■

사진·니트 제작
三國万里子

뜨면 뜰수록 나는 내가 되어 갔다
실을 엮듯 써 내려간 마음의 조각들

펴낸날 | 2025년 3월 20일
지은이 | 미쿠니 마리코
옮긴이 | 홍미화
디자인 | 오필민디자인
펴낸곳 | 윌스타일
펴낸이 | 김화수
출판등록 | 제2019-000052호
전화 | 02-725-9597
팩스 | 02-725-0312
이메일 | willcompanybook@naver.com

ISBN | 979-11-85676-80-7 03830
* 잘못된 책은 구입하신 곳에서 바꿔드립니다.